CONTOS DE HORROR

Histórias para ~~não~~ ler à noite

CONTOS DE HORROR

Histórias para ~~não~~ ler à noite

Mary Cholmondeley

Charles Dickens

Mary E. Braddon

Conan Doyle

Edgar Allan Poe

TRADUÇÃO E ORGANIZAÇÃO
MARTHA ARGEL E ROSANA RIOS

ILUSTRAÇÕES
SAMUEL CASAL

Copyright © 2011 do texto: Rosana Rios e Martha Argel
Copyright © 2011 das ilustrações: Samuel Casal
Copyright © 2012 da edição: Farol Literário

DIRETOR EDITORIAL:	Raul Maia Jr.
EDITORA DE LITERATURA:	Daniela Padilha
EDITORA ASSISTENTE:	Eliana Gagliotti
REVISÃO DE PROVAS:	Ricardo Nascimento
	Carmen Costa
ILUSTRAÇÕES:	Samuel Casal
PROJETO GRÁFICO E CAPA:	Mauro C. Naxara
	Vinicius Rossignol

Texto em conformidade com as novas regras ortográficas
do Acordo da Língua Portuguesa.

Dados Internacionais de Catalogação na Publicação (CIP)

Contos de horror: histórias para não ler à noite / organização e tradução [de] Martha Argel e Rosana Rios; ilustrações [de] Samuel Casal. – São Paulo : Farol Literário, 2012.
112 p. : il. ; 26 cm

Conteúdo: Mary Cholmondeley - Charles Dickens - Mary E. Braddon - Arthur Conan Doyle - Edgar Allan Poe.

ISBN 978-85-62525-78-0

1. Contos de terror. 2. Sobrenatural na literatura. I. Cholmondeley, Mary, 1858-1925. II. Dickens, Charles, 1812-1870. III. Braddon, Mary E., 1835-1915. IV. Doyle, Arthur Conan, Sir, 1859-1930. V. Poe, Edgar Allan, 1809-1849. VI. Argel, Martha, org. VII. Rios, Rosana, org. VIII. Casal, Samuel, il. IX. Título.

C763   CDD 809.3872

1ª edição

Farol Literário
Uma empresa do Grupo DCL - Difusão Cultural do Livro
Av. Marquês de São Vicente, 1619 – 26º andar – CJ. 2612 – Barra Funda
CEP 01139-003 – São Paulo – SP
Tel.: (11) 3932-5222

SUMÁRIO

I LIVRE!, 11

II CONTANDO HISTÓRIAS DE INVERNO, 37

III O VISITANTE DE EVELINE, 47

IV O ANEL DE TOTH, 61

V LIGEIA, 85

Os autores, 103

As tradutoras e organizadoras, 109

APRESENTAÇÃO

Por que o medo nos atrai? Por que tanta gente gosta de ler histórias que fazem a espinha gelar, as mãos tremerem e o coração disparar, a cada parágrafo de suspense e tensão? Vampiros, lobisomens, fantasmas, zumbis, alienígenas repugnantes – tudo que amedronta parece hipnotizar o leitor. A explicação de tamanho fascínio, sobretudo dos jovens, pela literatura de horror gera grande controvérsia.

Para uns, o medo é a mais forte e primitiva das nossas emoções, acompanhando a humanidade desde seu surgimento no planeta, e por isso somos atraídos o tempo todo para aquilo que nos causa terror. Há também quem pense que, quando lidamos com situações apavorantes na ficção (seja na literatura, no teatro ou no cinema) aprendemos inconscientemente a lidar com os medos que nos assaltam na vida real.

Seja como for, as histórias de assustar existem há séculos. Os mitos, narrativas primordiais da humanidade, já davam uma ideia do que estava por vir, e esbanjavam monstros antropófagos, perigos indescritíveis, deuses cruéis e criaturas abomináveis. Os contos de fadas eram, no passado, leitura para adulto. Em suas versões originais, continham tanta coisa assustadora que com o passar do tempo foram sendo mais e mais suavizados por adultos preocupados em não aterrorizar as criancinhas. Mas o que esses adultos tão bem-intencionados nunca perceberam é que era justamente no aterrorizante que estava o interesse das histórias!

E até hoje os leitores continuam a apreciar tudo que leva o rótulo "horror" ou "terror". Não é por acaso que obras como *Frankenstein*, *Drácula* e *O médico e o monstro* se tornaram clássicos. E que os livros de ficção vampírica estejam sempre entre os mais vendidos. Ou que histórias de lobisomens e zumbis tenham seu público fiel. O sucesso é evidente e permanente, e os contos e romances de terror e horror continuam a formar leitores. Hoje, como nos séculos anteriores, para muitas pessoas eles são a porta de entrada para o apaixonante mundo da leitura.

Fato: para a crítica literária contemporânea, a escrita aterrorizante é um gênero "menor". Mas o que pouca gente sabe é que a maioria dos autores ditos "clássicos" se dedicou a ele. Raros são os nomes da história da literatura que não compuseram contos tenebrosos, com fantasmas, mortos-vivos, castelos e casarões mal-assombrados. A partir do século XVIII, e com mais vigor no século XIX e princípios do XX, em inúmeras línguas as histórias de horror floresceram como ervas daninhas num cemitério, sobretudo na corrente literária que foi denominada Romantismo.

As narrativas mais antigas são belas, primorosamente escritas e, claro, assustadoras. Quando mergulhamos nesses contos do passado, fica evidente a influência que autores do calibre de Edgar Allan Poe e Charles Dickens tiveram sobre a prosa moderna. Por isso, nossa seleção teve como primeiro objetivo trazer aos jovens leitores um pouco da riqueza literária do passado. Optamos, de início, pela prosa em língua inglesa; coletamos textos de autores bastante conhecidos, mesclando-os aos de autores menos contemplados por traduções atuais. Se Dickens e Poe, assim como Conan Doyle, são bastante publicados hoje em dia, quase ninguém conhece Mary Cholmondeley e Mary E. Braddon, autoras respeitadas e de sucesso em sua época.

Em nossa tradução, procuramos evitar a armadilha na qual outros tradutores muitas vezes se veem presos: a tradução pura e simples dos termos, mantendo as frases em sua construção original. Não só inglês e português têm estruturas bem diferentes entre si, como em muitos contos o estilo é tortuoso e complexo, repleto de floreados e inversões. Assim, em vez de buscarmos uma fidelidade um tanto inútil à forma original, tentamos captar o sentido e as sensações que o autor queria transmitir, recriando-os na tradução, e priorizando a fluidez do texto e a compreensão da história.

Pareceu-nos importante, ainda, "decifrar" as inúmeras referências feitas a pessoas, obras, locais e acontecimentos, e fornecer informações que permitissem ao leitor de hoje compreender sua função dentro da narrativa. No século XIX, era comum, e até apreciado, que os escritores demonstrassem sua cultura com inúmeras citações ao longo do texto, que o leitor igualmente culto compreenderia. Passadas tantas décadas, essas menções se tornaram obscuras e praticamente impossíveis de entender. O mesmo pode ser dito de expressões idiomáticas e referências culturais, de amplo conhecimento na época, mas hoje desaparecidas.

Assim, optamos por trabalhar com notas de rodapé, reunindo explicações que de certa forma aproximassem o leitor do texto e das impressões que o autor pretendia causar em quem o lesse. O resultado foi fascinante, pois não apenas traça um panorama da época vivida pelos escritores, mas evidencia como era diversificado o leque de interesses e de assuntos que um intelectual devia dominar à época: não apenas as artes e a filosofia, mas também línguas clássicas, ciências biológicas e exatas, história, geografia, política, arqueologia, antropologia, mitologia e até os princípios das últimas invenções tecnológicas.

Esta obra, portanto, foi além do simples objetivo de aterrorizar os leitores com narrativas macabras clássicas, saídas da imaginação de grandes autores do passado. Além de homenagear escritores a quem a literatura tanto deve, e de revelar a origem nobre de um gênero hoje injustamente menosprezado, acabamos tecendo um painel multidisciplinar de uma época cuja vida cultural era efervescente e rica.

Esperamos que os leitores apreciem esse painel, e percebam como os autores escolhidos, hoje ditos "clássicos", compunham suas narrativas curtas cuidadosamente, com o propósito de assustar, apavorar, aterrorizar. Ah, sim, e sempre é bom lembrar: por via das dúvidas, leiam durante o dia. À noite... bem, nós não nos responsabilizamos pelo que pode acontecer.

Martha Argel e Rosana Rios

I
LIVRE!
Mary Cholmondeley

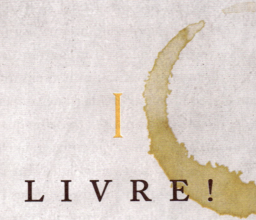

OS MORTOS ESTÃO ENTRE NÓS! EMBORA A TERRA ÁRIDA E FRIA PAREÇA ACOLHÊ-LOS CONSIGO, ELES AINDA NOS FAZEM COMPANHIA.[1]

Alguns anos atrás envolvi-me com arquitetura, e fiz uma viagem através da Holanda, estudando as construções daquele país tão interessante. Eu então não compreendia que não é suficiente envolver-se com a arte. A arte também deve se envolver com a pessoa. Nunca tive dúvida de que meu interesse passageiro por ela seria correspondido. Quando descobri que ela era uma amante exigente, que não retri-

---
[1] Versos iniciais do poema "The Dead" ("Os mortos"), da poeta britânica Mathilde Blind (1841-1896).

buiu de imediato minhas atenções, eu naturalmente as transferi para outro templo. Existem outras coisas no mundo além da arte. Hoje em dia, dedico-me à jardinagem paisagística.

Mas, na época sobre a qual escrevo, eu estava entregue a um violento flerte com a arquitetura. Eu tinha um companheiro naquela expedição, que se tornara um dos arquitetos mais influentes do momento. Era um homem magro, de aparência determinada, com cara retorcida e queixo maciço, um jeito lento de falar era tão obcecado por seu trabalho que em pouco tempo isso passou a me incomodar. Ele tinha uma capacidade de transpor obstáculos que poucas vezes vi igual. Eu sabia disso muito bem, pois ele se tornara meu cunhado – meus pais não o apreciavam muito e se opuseram ao casamento, e minha irmã não gostava nada dele, tendo recusado-lhe a mão repetidas vezes. Mas no fim acabaram se casando.

Com o tempo concluí que um dos motivos para me escolher como companheiro de viagem naquela ocasião foi ele estar se preparando para o que depois passou a chamar de "uma aliança com minha família", mas naquela época a ideia nem me ocorreu.

Raras vezes encontrei alguém mais displicente ao vestir-se, mas apesar disso, em pleno calor da Holanda no mês de julho[2], chamou-me a atenção que ele nunca aparecesse sem um colarinho alto e engomado, que não tinha sequer a desculpa de estar na moda.

Com frequência eu caçoava de seus esplêndidos colarinhos e perguntava-lhe o motivo de usá-los, sem obter qualquer resposta. Uma noite, caminhando de volta para nossas acomodações em Middelburg[3], voltei à carga mais ou menos pela trigésima vez.

– Mas por que, afinal, você os usa? – indaguei.

– Creio que já me fez essa pergunta inúmeras vezes – respondeu ele, em sua fala lenta e precisa. – Mas sempre em ocasiões em que eu estava ocupado. Agora tenho tempo, e posso lhe contar.

E ele o fez.

---
[2] No hemisfério norte, o mês de julho é o auge do verão.
[3] Cidade holandesa, capital da província da Zelândia, com um rico patrimônio arquitetônico dos séculos XVII e XVIII.

Registrei por escrito tudo o que ele disse, usando suas próprias palavras como me recordo delas:

Dez anos atrás, solicitaram-me que fizesse um tratado sobre afrescos[4] ingleses e o apresentasse no Instituto dos Arquitetos Britânicos. Decidido a elaborar o melhor estudo que pudesse, em todos seus pormenores, consultei grande número de livros sobre o assunto e analisei cada afresco que consegui encontrar. Meu pai havia sido arquiteto e, ao morrer, deixou-me todos seus documentos e cadernos com anotações sobre arquitetura. Vasculhei-os com todo cuidado e, em um deles, encontrei um esboço inacabado, de quase cinquenta anos antes, que despertou em mim um interesse especial. Sob ele estava escrito, na letra clara e miúda de meu pai, *Afresco na parede leste da cripta*[5]. *Igreja da paróquia. Wet Waste-on-the-Wolds, Yorkshire (perto de Pickering).*[6]

O esboço me fascinou de tal modo que decidi ir até lá e ver o afresco com meus próprios olhos. Eu tinha só uma vaga ideia de onde ficava Wet Waste-on-the-Wolds, mas estava ávido para que meu estudo fosse um sucesso; fazia calor em Londres, e parti em minha longa viagem com uma certa satisfação, tendo meu cão Brian, um grande vira-latas malhado, como único companheiro.

Cheguei a Pickering, em Yorkshire, no meio da tarde e então comecei uma série de experimentos com as linhas de trens locais, terminando por ser deixado,

---

[4] *Afresco* é uma pintura feita em paredes ou tetos, com aplicação de tinta à base de água sobre um revestimento de gesso ou cal ainda fresco (daí o nome). Os afrescos mais antigos conhecidos são da ilha de Creta, na Grécia, datando de 1.500 anos a.C.
[5] *Cripta* é uma câmara subterrânea, em geral feita de pedras, situada sob uma igreja. Costuma ser usada como capela ou como câmara mortuária.
[6] Yorkshire é um condado (o equivalente a um estado do Brasil) situado no norte da Inglaterra. A cidade de Pickering de fato existe, mas a vila de Wet Waste-on-the-Wolds é invenção da autora; o nome significaria mais ou menos "vilarejo num brejo remoto".

depois de várias horas, em uma pequena estação num fim de mundo, a quinze ou dezesseis quilômetros de Wet Waste. Como não existia qualquer meio de transporte para lá, acomodei no ombro minha valise e me pus a caminho por uma longa estrada branca, que se perdia na distância em meio ao descampado deserto e sem árvores. Devo ter caminhado por muitas horas através de uma vasta extensão de charnecas salpicadas de urzes[7], quando um médico passou por mim e me deu carona até um local a um quilômetro e meio de meu destino. Foi uma longa caminhada, e já estava bem escuro quando vi o tênue resplendor de luzes à minha frente e descobri que havia chegado a Wet Waste. Tive considerável dificuldade para achar quem me hospedasse; mas por fim convenci o dono de uma taverna a me ceder um leito e, cansadíssimo, deitei-me o mais rápido possível, temendo que ele mudasse de ideia. Adormeci com o som de um riacho que corria sob minha janela.

Levantei-me muito cedo na manhã seguinte; logo após o desjejum indaguei qual o caminho para a casa do clérigo[8], e descobri que não era longe. Em Wet Waste, nada era longe. A vila inteira parecia resumir-se a uma fileira descontínua de casas térreas de pedra cinzenta, da mesma cor que os muros de pedra que separavam os raros campos do vasto descampado ao redor, e da mesma cor, ainda, das pontezinhas sobre o regato que corria ao lado da ampla rua cinzenta. Tudo era cinzento. A igreja, cuja torre baixa eu podia ver a pouca distância, parecia ter sido construída com a mesma pedra; do mesmo modo, a casa paroquial, à qual cheguei acompanhado por um bando de crianças mal-educadas

---

[7] As *urzes* são várias espécies de plantas arbustivas, aparentadas às azaleias; na Grã--Bretanha, são comuns em um tipo de ambiente aberto, a *charneca*. Esse tipo de vegetação é o que predomina na região onde o presente conto se passa.
[8] Sacerdote de um culto religioso.

e ariscas, que me olhavam e a Brian com uma curiosidade meio desafiadora.

O clérigo estava em casa e fui recebido depois de uma curta espera. Deixei Brian tomando conta de meu material de desenho e acompanhei o criado até um aposento revestido de madeira escura; junto a uma janela com treliça, estava sentado um homem muito velho. A luz da manhã incidia em sua cabeça branca, curvada sobre uma grande quantidade de papéis e livros.

– Senhor, hã... – ele disse, erguendo a vista devagar e marcando com um dedo o livro no ponto em que estava lendo.

– Blake.

– Blake – ele repetiu depois de mim e ficou em silêncio.

Contei-lhe que era arquiteto, que tinha vindo estudar um afresco na cripta de sua igreja e perguntei se podia me dar as chaves.

– A cripta... – ele disse, ajeitando os óculos mais para cima e olhando-me com severidade. – Ela está fechada faz trinta anos. Desde que...

Então ele se interrompeu.

– Eu agradeceria muito se me emprestasse as chaves – repeti.

Ele abanou a cabeça numa negativa.

– Não. Ninguém mais entra lá.

– É uma pena, pois vim de muito longe apenas para vê-la. – E contei-lhe sobre o tratado que haviam me solicitado que apresentasse e todo o empenho com que o preparava.

Ele ficou interessado.

– Ah, posso compreendê-lo – exclamou, pousando sua pena e tirando o dedo do livro diante de si. – Também já fui jovem um dia e cheio de entusiasmo. As sortes me caíram em alguns lugares bem remotos[9] e, por quarenta anos, dediquei-me a curar as almas neste lugar, onde, a bem da verdade, pouco vi do mundo, embora não me sejam estranhos os caminhos da literatura. Quem sabe o senhor terá lido um livreto, escrito por mim, sobre a versão síria das Três Epístolas Verdadeiras de Inácio.

— Senhor, tenho vergonha de confessar que não tenho tempo sequer para ler os mais afamados livros – respondi. – Meu único objetivo na vida é minha arte. *Ars longa, vita brevis*[10], como sabe.

— Tem razão, meu filho – disse o velho, evidentemente desapontado, mas olhando-me com bondade. – Há inúmeros tipos de dons, e se o Senhor lhe deu um talento, deve cultivá-lo. Não deve desperdiçá-lo.

Respondi que não o faria, se ele pudesse me emprestar as chaves da cripta. Ele pareceu surpreso com minha insistência no assunto e me olhou, indeciso.

— Por que não? – murmurou para si. – Ele parece ser um bom jovem. E a superstição, o que é ela senão a falta de confiança em Deus!

Ele se levantou devagar e, tirando do bolso um grande molho de chaves, abriu com uma delas um armário de carvalho no canto do aposento.

— Elas devem estar aqui, mas a poeira de tantos anos ilude os olhos – ele murmurou, seu olhar examinando o interior do móvel. – Veja, meu filho, se entre esses pergaminhos estão duas chaves; uma de ferro, muito grande, e a outra de aço, com aparência longa e fina.

Ajudei-o, ansioso, e no fundo de uma gaveta achei duas chaves atadas entre si, que ele reconheceu de imediato.

— São estas – disse. – A mais longa abre a primeira porta ao pé da escada que desce ao longo da parede ex-

---

[9] Essas palavras fazem referência ao livro dos Salmos, do Antigo Testamento. O capítulo 16, versículo 6, diz: "As sortes me caíram em lugares deliciosos".
[10] Em latim, "A arte é longa, a vida é breve", frase do sábio grego Hipócrates (460-377 a.C.).

terna do adro, no ponto onde esta exibe o baixo-relevo de uma espada. A outra chave é da porta de ferro no corredor que conduz à cripta propriamente dita, mas essa porta é difícil de abrir e de fechar. Meu filho, seu tratado requer mesmo que você entre na cripta?

Respondi que era absolutamente necessário.

– Então leve-as e traga-as de volta à noite – disse ele.

Informei-lhe que eu talvez quisesse visitar a cripta por vários dias seguidos e perguntei se não me deixaria ficar com elas até terminar meu trabalho; mas quanto a isso ele foi firme.

– Outra coisa – ele acrescentou –, certifique-se de trancar a porta ao pé dos degraus antes de destrancar a outra e mantenha esta segunda também trancada enquanto estiver lá dentro. Além do mais, ao sair tranque a porta de ferro interna e também a de madeira.

Prometi que o faria e, depois de agradecer-lhe, fui embora depressa, satisfeito com o êxito em obter as chaves. Voltei até o alpendre, onde Brian e meu material de desenho me esperavam, e consegui escapar da vigilância de minha escolta infantil tomando um estreito caminho privativo entre a casa do clérigo e a igreja, que erguia-se, bem próxima, em meio a um quadrado formado por quatro velhos teixos[11].

A igreja em si era interessante, e notei que devia ter sido edificada sobre as ruínas de uma construção anterior, pois suas paredes incorporavam um grande número de fragmentos de capitéis[12] e arcos de pedra, com restos de relevos muito antigos. Em alguns lugares havia também cruzes esculpidas, e minha atenção se detêve especialmente em uma, ladeada por uma grande espada. Quando tentava olhá-la mais de perto, tropecei

---

[11] O teixo (*Taxus baccata*) é uma árvore da Europa, do Oriente Médio e do norte da África, pertencente ao grupo das coníferas, que inclui também os pinheiros.
[12] *Capitel* é a estrutura que fica no alto de uma coluna.

e, olhando para baixo, vi a meus pés uma escada cujos estreitos degraus de pedra estavam verdes de musgo e limo. Esta era, evidentemente, a entrada para a cripta.

De imediato desci os degraus, pisando com cuidado, pois estavam úmidos e muitos escorregadios. Brian me acompanhou, pois nada o convenceria a ficar para trás. Estava bem escuro no fim da escada, e tive de acender uma vela para encontrar o buraco da fechadura e a chave correta. A porta de madeira abriu-se para dentro com muita facilidade, embora o limo e os detritos acumulados no piso diante dela indicassem que não era usada fazia muitos anos.

Entrar por ela não foi tarefa fácil, pois não houve modo de abri-la mais do que meio metro. Tomei o cuidado de trancá-la logo em seguida, embora tivesse preferido deixá-la aberta; é uma sensação desagradável estar trancado em algum lugar do qual pode ser necessário sair de repente.

Tive alguma dificuldade em manter acesa a vela e, depois de prosseguir tateando ao longo de um corredor de teto baixo e muito úmido, cheguei à outra porta. Havia um sapo acocorado de encontro a ela, que parecia estar ali fazia uns cem anos. Quando abaixei a vela até o chão, seus olhos fitaram a chama sem piscar e então recolheu-se devagar a uma fresta na parede, deixando moldada na porta uma pequena cavidade na lama seca que aos poucos se acumulara ao redor de seu corpo[13].

Percebi que essa porta era de ferro e tinha um longo ferrolho, que no entanto estava partido. Sem demo-

---

[13] Até fins do século XIX, era crença comum (e até objeto de discussões científicas!) que sapos podiam ser encontrados dentro de pedras, vivendo por centenas de anos encapsulados em seu interior. Neste trecho, Cholmondeley parece sugerir que o sapo encontrado por Blake foi interrompido em pleno processo de criar ao redor de si um envoltório que depois se transformaria em pedra. O povo mais simples também associava os sapos com as profundezas, simbolizando a morte e a escuridão.

ra, introduzi a segunda chave na fechadura e, com muita dificuldade, empurrei a porta, abrindo-a.

Senti no rosto o hálito gelado da cripta. Confesso que por um instante lamentei ter de trancar a segunda porta logo depois de entrar, mas senti ser minha obrigação fazê-lo. Deixando a chave na fechadura, peguei minha vela e olhei ao redor.

Eu estava em um recinto baixo, com abóbadas que formavam ogivas no teto, cortadas direto na rocha sólida. Era difícil ver onde a cripta terminava, pois, ao iluminar qualquer ponto, apenas revelava outros arcos toscos e passagens abertas na rocha, que no passado talvez tivessem servido como câmaras mortuárias.

Na cripta de Wet Waste observei uma peculiaridade que não notara em outros locais semelhantes: a cada lado, crânios e ossos estavam empilhados, numa disposição artística, até a altura de mais ou menos um metro e vinte. Os crânios erguiam-se, simetricamente dispostos, até poucos centímetros abaixo do arco pouco elevado a minha esquerda, e os ossos da perna estavam acomodados do mesmo modo a minha direita. *Mas onde estava o afresco?* Procurei ao redor por ele, em vão. Ao reparar que no ponto mais distante da cripta havia um arco muito baixo e robusto, cuja abertura não estava preenchida por ossos, passei sob ele, e encontrei-me em uma segunda câmara, menor que a anterior.

Erguendo a vela acima da cabeça, a primeira coisa que sua luz iluminou foi... o afresco! Ao primeiro olhar percebi que era algo único. Com mão trêmula, larguei parte de meu material numa superfície de pedra a meu lado, que evidentemente tinha sido uma credência[14], e então examinei a obra com mais atenção.

---

[14] A *credência* é a mesinha onde são mantidos os objetos sacros usados durante a missa.

Era um retábulo[15] acima do que devia ter sido o altar na época em que os padres foram proscritos[16]. O afresco datava dos inícios do século XV e sua preservação era tão perfeita que eu quase podia traçar os limites de cada dia de trabalho no gesso, à medida que o artista o aplicava, alisando-o em seguida com sua espátula. O tema era a Ascensão, gloriosamente retratada[17]. Mal consigo descrever minha euforia ao contemplar a obra, ponderando que seria eu quem daria a conhecer ao mundo aquele exemplar magnífico da pintura inglesa em afresco. Por fim me recompus, abri a maleta dos materiais de desenho e, acendendo todas as velas que trouxera, comecei a trabalhar.

Brian andava a minha volta e, embora eu estivesse grato por sua companhia, naquela situação tão solitária, várias vezes desejei tê-lo deixado para trás. O animal parecia inquieto e nem a visão de tantos ossos parecia ter efeito tranquilizador sobre ele. Afinal, depois de repetidas ordens ele se deitou, alerta e imóvel, sobre o piso de pedra.

Devo ter trabalhado por várias horas e fiz uma pausa para descansar os olhos e as mãos, quando pela primeira vez notei a quietude intensa que me rodeava. Nenhum som meu alcançava o mundo exterior. O relógio da igreja ressoara forte enquanto eu descia a escada, mas aqui embaixo nem o mais suave murmúrio de sua língua de metal me alcançava. Tudo era silencioso como um túmulo. Isto *era* um túmulo. Todos que aqui vieram tinham de

---

[15] *Retábulo* é uma estrutura que decora a parede por trás de um altar. Construído em madeira, mármore ou algum metal, pode ser ricamente ornamentado, com esculturas e pinturas.
[16] No século XVI ocorreu a Reforma Inglesa, ou Reforma Anglicana, em que a Igreja da Inglaterra rompeu com a autoridade do papa. Entre as medidas tomadas, esteve a perseguição aos padres católicos, além da restrição ao culto às imagens de santos.
[17] A Ascensão é a passagem da *Bíblia* em que, quarenta dias depois da ressurreição de Jesus, seu corpo sobe aos céus. Esse tema é frequente na arte cristã.

fato sucumbido ao silêncio. Repeti as palavras para mim, ou melhor, elas se repetiram para mim.

Sucumbido ao silêncio.

Fui despertado de meus devaneios por um som tênue. Fiquei imóvel, ouvindo. Criptas e câmaras subterrâneas costumam ser frequentadas por morcegos.

O som continuou, débil, furtivo, desagradável. Não sei que tipos de sons os morcegos fazem, se são agradáveis ou não. De repente ouvi o ruído de algo caindo, uma pausa momentânea e depois... um tilintar quase imperceptível e distante, como o de uma chave.

Eu havia deixado a chave na fechadura depois de trancar a porta e agora me arrependia de tê-lo feito. Ergui-me, peguei uma das velas e voltei para a câmara maior. Tenho certeza de que não sou tão covarde a ponto de me amedrontar com ruídos cuja origem não posso determinar de imediato; mas para ser honesto, em situações como esta confesso que preferiria que eles não ocorressem.

Indo para a porta de ferro, de novo ouvi um som bem nítido. A impressão que me passou foi de algo muito apressado. Ao chegar à porta, segurei a vela perto da fechadura para remover a chave e notei que a outra, amarrada a ela por um barbante curto, balançava de leve. Eu teria preferido não encontrá-la balançando, pois parecia não haver motivo para isso. Mas coloquei as duas no bolso e me virei para retornar ao trabalho.

Ao voltar-me, encontrei sobre o piso a causa do ruído mais forte que ouvira antes – um crânio que havia caído do alto de uma das paredes de ossos e rolado quase a meus pés. Vi o local vazio onde ele antes estivera e que agora revelava alguns centímetros mais da parte superior do arco situado por trás.

Abaixei-me para pegar o crânio, mas receando deslocar outros mais ao mexer na pilha e desagradando-me ter de juntar os dentes que saíram dele, deixei-o no mesmo lugar e voltei ao trabalho. Logo estava tão concentrado que só o interrompi quando por fim minhas velas começaram a se consumir, apagando-se uma após a outra.

Com um suspiro contrariado, pois não estava nem perto de terminar, voltei-me para ir embora. O pobre Brian, que não chegara a se acostumar com o lugar, estava fora de si de alegria. Quando abri a porta de ferro, ele passou a minha frente e um instante depois eu o ouvi choramingar e arranhar a porta de madeira, quase golpeando-a.

Tranquei a porta de ferro e segui apressado pelo corredor, o mais depressa que pude. Nem bem entreabri a porta, senti algo passando por mim rumo ao ar livre, e Brian galopou escada acima e sumiu de vista. Enquanto me demorava para tirar a chave da fechadura, senti-me abandonado e esquecido. Quando uma vez mais saí para a luz do sol, no ar ao meu redor havia uma vaga sensação de exultante liberdade.

A tarde já estava avançada, e, depois de passar pela casa paroquial para entregar as chaves, convenci o pessoal da taverna a deixar-me participar da refeição da família, que tinha sido servida na cozinha. Os moradores de Wet Waste eram pessoas primitivas, com os costumes francos e espontâneos que ainda florescem em lugares isolados, sobretudo nas áreas selvagens de Yorkshire; mas eu não tinha ideia de que nesses dias de *penny posts*[18] e jornais baratos tamanha ignorância quanto ao mundo exterior pudesse ainda existir em qualquer parte, por mais remota que fosse, da Grã-Bretanha.

Coloquei sobre meus joelhos uma criança, filha de um dos vizinhos – uma garotinha bonita com uma auréola de cabelos loiros, os mais claros que já vi –, e

---

[18] *Penny post* era um sistema postal em que as cartas podiam ser enviadas a um preço muito barato, um *penny*, o equivalente a um centavo.

comecei a desenhar-lhe figuras de aves e mamíferos de outras terras. Fui de imediato cercado por uma multidão de crianças, e até de adultos, enquanto outros saíam às portas de suas casas e observavam à distância, gritando entre si em uma língua estridente e desconhecida, que depois descobri chamar-se *Broad Yorkshire*[19].

Na manhã seguinte, quando saí de meu quarto, notei que algo acontecia na vila. Um burburinho de vozes chegou até mim quando fui ao bar e na casa vizinha ouvi, através de uma janela aberta, um pranto agudo de lamentação.

A mulher que me trouxe o desjejum estava em lágrimas e, em resposta a minhas perguntas, contou-me que a filha do vizinho, a garotinha que eu tinha colocado no colo no dia anterior, havia morrido durante a noite.

Entristeceu-me o pesar generalizado que a morte da criaturinha pareceu provocar, e o choro desesperado e descontrolado da pobre mãe tirou meu apetite.

Saí logo para trabalhar, parando no caminho para pegar as chaves, e, na companhia de Brian, desci uma vez mais para a cripta, onde fiquei tão envolvido em tirar medidas e desenhar que não tive tempo, o dia inteiro, para prestar atenção em ruídos reais ou imaginários. Brian também pareceu bastante satisfeito dessa vez e dormiu tranquilo a meu lado, no piso de pedra. Depois de trabalhar o mais que pude, coloquei de lado meus livros, pesaroso por ainda não haver terminado, como tinha esperado fazer. Seria necessário vir de novo no dia seguinte por um breve período. Quando devolvi as chaves no final daquela tarde, o velho clérigo encontrou-me à porta e convidou-me para entrar e tomar chá com ele.

— E o trabalho, está indo bem? – indagou, quando nos sentamos no aposento longo e baixo ao qual

---

[19] *Broad Yorkshire* é o dialeto falado no condado de Yorkshire, que tem raízes em línguas do passado como o inglês e o norueguês antigos.

ele me convidara, e que parecia ser onde passava todo seu tempo.

Respondi que sim e mostrei a ele meu desenho.

— Já viu o original, suponho — disse-lhe.

— Uma vez — respondeu, com o olhar fixo em meu esboço. Ele evidentemente não ia fazer mais nenhum comentário, de modo que dirigi a conversa para a idade da igreja.

— Tudo aqui é antigo — disse ele. — Quando eu era jovem, quarenta anos atrás, vim para cá porque não tinha dinheiro e estava muito inclinado a casar-me[20]. Angustiava-me que tudo fosse tão velho e este lugar tão afastado do mundo e às vezes eu desejava ardentemente ser carregado para longe. Mas havia feito minha escolha e tive de me contentar com ela. Meu rapaz, não se case na juventude, pois o amor, que nessa idade é uma força de fato poderosa, desvia o coração dos estudos, e os filhos pequenos aniquilam a ambição. Tampouco se case na meia-idade, quando se descobre que a mulher é só uma mulher e que sua tagarelice cansa, de modo que não terá obrigação de suportar uma esposa na velhice.

Eu tinha minhas próprias ideias quanto ao casamento, pois sou da opinião que uma companheira bem escolhida, de gostos domésticos e de temperamento dócil e devotado, pode ajudar substancialmente um homem em sua profissão. Mas, quando tenho uma opinião formada, não vejo sentido em discuti-la com os outros, de modo que mudei de assunto e perguntei se as vilas vizinhas eram tão atrasadas quanto Wet Waste.

— Sim, tudo por aqui é antigo — ele repetiu. — O caminho pavimentado que vai para Dyke Fens é uma antiga estrada construída no tempo dos romanos. Dyke

---

[20] Na Igreja anglicana, ao contrário da católica, os sacerdotes podem casar-se.

Fens, que fica perto daqui, coisa de uns seis ou oito quilômetros, é também velha e esquecida pelo mundo. A Reforma nunca chegou lá. Ela parou aqui. E em Dyke Fens eles ainda têm um padre e um sino e se ajoelham diante dos santos[21]. É uma heresia abominável, e todas as semanas eu a denuncio como tal a meus fiéis, mostrando a eles as verdadeiras doutrinas; e ouvi dizer que esse mesmo padre entregou-se de tal forma ao Mal que ele tem pregado contra mim, acusando-me de ocultar a meu rebanho verdades do Evangelho. Mas não faço caso disso e tampouco de seu panfleto sobre as Homilias Clementinas, no qual ele tenta contradizer, em vão, aquilo que eu demonstrei claramente e provei, sem sombra de dúvida, com respeito à palavra *Asaph*[22].

O homem idoso alongou-se em seu tema favorito, e custei um pouco para conseguir escapar. Ele me seguiu até a porta, e só pude me safar porque seu velho secretário apareceu mancando naquele momento e pediu sua atenção.

Na manhã seguinte, fui pedir as chaves pela terceira e última vez. Havia decidido partir bem cedo no dia seguinte. Estava farto de Wet Waste e tinha a impressão de que um clima sombrio estava se formando sobre o local. Havia uma sensação ruim no ar, como se, num dia ensolarado e límpido, uma tempestade se aproximasse.

Naquela manhã, para meu espanto, as chaves me foram negadas quando as solicitei. Não aceitei a recusa como definitiva – tenho por regra nunca aceitar uma recusa como definitiva – e, após uma breve espera, fui conduzido ao cômodo onde, como

---

[21] Veja a nota 16.
[22] As *Homilias Clementinas* são um documento dos princípios do cristianismo, provavelmente do século III. Quanto à palavra *asaph*, segundo estudiosos da época, significa "reunir", em hebreu, e na *Bíblia* seria usada ao referir-se a pessoas que se reúnem a seus ancestrais, quando são enterradas no mesmo sepulcro que eles. Provavelmente o clérigo refere-se a alguma controvérsia de tradução da *Bíblia* do hebreu para o inglês.

sempre, o clérigo esperava. Dessa vez, ele andava para cima e para baixo.

— Meu filho, sei o motivo de ter vindo aqui, mas é inútil – ele disse, firme. – Não posso emprestar-lhe as chaves de novo.

Respondi que, ao contrário, eu tinha esperança de que ele as daria a mim de imediato.

— É impossível – insistiu ele. – O que fiz foi errado, muito errado. Nunca mais vou entregá-las a ninguém.

— Por que não?

Ele hesitou e então respondeu, devagar:

— Meu velho secretário, Abraham Kelly, morreu esta noite – ele fez uma pausa antes de prosseguir. – O médico esteve aqui agora há pouco, para me falar sobre algo que para ele é um mistério. Não quero que o povo deste lugar saiba, e só para mim ele contou ter achado marcas de estrangulamento bem nítidas no pescoço do homem e mais tênues no da criança. Ninguém além dele as percebeu, e ele não consegue explicá-las. Mas eu, infelizmente, conheço a única explicação possível. A única explicação possível!

Eu não entendia o que tudo isso tinha a ver com a cripta, mas, para agradar ao velho homem, perguntei que explicação seria essa.

— É uma longa história, e talvez para alguém de fora pareça apenas uma grande bobagem, mas mesmo assim vou lhe contar. Vejo que, a menos que lhe dê um motivo para recusar-lhe as chaves, o senhor não vai deixar de me pedir que as entregue.

Quando me procurou, perguntando pela cripta, disse-lhe que estava fechada fazia trinta anos, e era verdade. Faz trinta anos, um certo Sir Roger Despard deixou esta vida. Ele era o proprietário das terras de Wet Waste e Dyke Fens, o último representante de sua família, que agora está, graças a Deus, extinta. Ele havia levado uma existência vil, sem temer a Deus nem respeitar o homem, sem compaixão ou inocência. Mas o Senhor pareceu entregá-lo aos tormentos do inferno ainda em vida, pois ele sofreu muitas consequências de seus vícios, sobretudo da bebida, e em muitas ocasiões parecia ter sido possuído por sete demônios. Era uma abominação para aqueles que viviam com ele e fonte de amargura para todos.

E quando a taça de sua iniquidade estava cheia até a borda[23], sua hora final chegou. Fui exortá-lo em seu leito de morte, pois fiquei sabendo que o terror o dominara, e que visões malévolas o envolviam de tal forma, por todos os lados, que poucos dos que conviviam com ele conseguiam fazer-lhe companhia. Mas ao vê-lo percebi que ele não tinha qualquer arrependimento e que, mesmo moribundo, fazia pouco de mim e de minha crença, jurando que não existiam nem Deus nem os anjos, e que todos estavam tão amaldiçoados quanto ele. No dia seguinte, ao cair da noite, as dores da morte o dominaram, e ele passou a delirar mais do que nunca, dizendo que estava sendo estrangulado pelo Maligno. Sobre uma mesa, estava sua faca de caça, e com as últimas forças ele rastejou e a agarrou, sem que ninguém conseguisse impedi-lo, e proferiu uma tremenda maldição – se fosse arrastado para as profundezas, para arder no inferno, ele deixaria uma das mãos para trás, no mundo dos vivos, e ela jamais teria paz até derramar sangue da garganta de outro ser humano, e estrangulá-lo como ele mesmo estava sendo estrangulado. Então decepou sua própria mão na altura do pulso, e ninguém ousou aproximar-se e detê-lo, enquanto o sangue jorrava pelo piso, penetrando nas frestas até escorrer pelo teto do andar de baixo. Logo em seguida Despard morreu.

---

[23] *Iniquidade* significa crime, pecado. A "taça da iniquidade" de alguém está cheia quando essa pessoa cometeu muitos pecados. Esta é outra referência às palavras da *Bíblia*.

Fui chamado durante a noite, e relataram-me sua maldição. Aconselhei que não se falasse sobre aquilo com ninguém mais e levei a mão morta, que não ousavam tocar, depositando-a ao lado dele, no caixão. Assim o fiz porque me pareceu melhor que ele a levasse consigo, para que pudesse usá-la caso algum dia, depois de tantas tribulações, sentisse alguma inclinação a estender suas mãos para Deus.

A história se espalhou, porém, e as pessoas ficaram assustadas. Assim, quando ele foi enterrado junto a seus antepassados na cripta já cheia, e sendo o último de sua família, mandei trancar o lugar e mantive as chaves comigo, não permitindo que mais ninguém voltasse a entrar lá. Despard foi um homem realmente perverso, e o demônio ainda não foi totalmente derrotado, e nem acorrentado dentro do lago de fogo[24].

Com o tempo, a história toda morreu, pois em trinta anos muita coisa é esquecida. Quando o senhor veio me procurar e pediu as chaves, meu primeiro impulso foi negá-las. Mas considerei que fosse uma superstição vã e percebi que é seu costume insistir em um pedido após receber uma primeira negativa. Assim, eu as entreguei, vendo que não se tratava de uma mera curiosidade, mas de um desejo de aprimorar uma habilidade que lhe foi conferida.

O ancião parou de falar, e mantive meu silêncio, imaginando qual seria a melhor forma de conseguir as chaves de novo.

— Com certeza alguém tão culto e tão lido como o senhor não se deixaria levar por uma superstição tão sem fundamento – disse-lhe, por fim.

— Certamente que não – respondeu ele. – Mas, ainda assim, é muito estranho que duas pessoas tenham

---

[24] Mais uma citação bíblica. O *lago de fogo* é um lugar onde as pessoas perversas são punidas depois da morte.

morrido desde que a cripta foi aberta e que a marca esteja evidente na garganta do velho e menos visível na criança. Não foi derramado sangue, mas da segunda vez a pressão foi maior que na primeira. Na terceira vez, quem sabe...

– Uma superstição como essa é uma total falta de fé em Deus – afirmei, categórico. – O senhor mesmo já disse isso.

Usei um tom de superioridade moral que em geral funciona bem com pessoas sensatas e de mentalidade humilde.

Ele concordou e acusou a si mesmo de não ter sequer a fé equivalente a um grão de mostarda[25]. Mas, mesmo tendo conseguido fazê-lo ir tão longe, travei uma batalha dura pelas chaves. Finalmente argumentei que, se alguma influência maléfica havia sido libertada no primeiro dia, de qualquer modo estava feito, para o bem ou para o mal, e tal fato não seria alterado por novas idas e vindas à cripta. Com isso, prevaleceu meu ponto de vista. Eu era jovem, e ele, idoso; e, estando muito abalado com o que tinha acontecido, acabou cedendo e consegui tirar-lhe as chaves.

Não vou negar que desci a escada com uma repugnância vaga e indefinida, que se acentuou depois que as duas portas estavam trancadas atrás de mim. Lembrei-me então, pela primeira vez, do suave tilintar da chave e dos outros sons que ouvira no primeiro dia, e de como um dos crânios tinha caído. Fui até o local onde ele ainda estava. Já descrevi como as paredes de crânios erguiam-se até poucos centímetros abaixo do ponto mais elevado dos arcos que davam acesso às porções mais distantes da câmara. O deslocamento do crânio em questão havia deixado um

---

[25] A mostarda é uma planta cujas sementes são muito pequenas. Em várias passagens da *Bíblia* há menções ao tamanho da semente da mostarda.

buraco com o tamanho justo para que eu introduzisse minha mão. Notei então, sobre o arco acima da cavidade, um brasão esculpido e o nome, já quase apagado, de Despard. Era esta, sem dúvida, sua câmara mortuária. Não pude resistir a remover mais alguns crânios e espiar lá dentro, segurando a vela o mais próximo que podia da abertura.

A câmara estava repleta. Caixões antigos, restos de caixões e ossos soltos formavam uma enorme pilha. Creio que minha atual decisão de ser cremado decorre da impressão dolorosa que aquele espetáculo produziu em mim. O único caixão intacto era o mais próximo ao arco, cujo tampo, porém, exibia uma larga rachadura. Não consegui iluminar com a vela as placas de latão com o nome do falecido, mas não tinha dúvida de que aquele era o caixão do pérfido Sir Roger. Coloquei os crânios de volta, incluindo o que havia rolado, e terminei meu trabalho com todo afinco. Não fiquei lá muito mais que uma hora, mas senti alívio ao sair do local.

Se pudesse ter partido de Wet Waste naquele instante, teria feito isso, pois sentia um desejo totalmente irracional de deixar o lugar. Mas descobri que um único trem diário parava na estação de onde viera e que, naquele dia, eu não conseguiria chegar lá a tempo.

Assim, rendi-me ao inevitável e percorri os arredores com Brian pelo resto da tarde, desenhando paisagens e fumando. O dia estava muito quente e, mesmo depois que o sol se pôs, em meio à vastidão esturricada do descampado, a temperatura não pareceu cair muito. Não havia sequer uma brisa. Já estava escuro quando cansei de percorrer os caminhos e recolhi-me ao quarto. Depois de passar algum tempo olhando minha reprodução do afresco, decidi começar a trabalhar na parte de meu tratado que abordava a obra. Em geral, escrevo com dificuldade, mas naquela noite as palavras vinham a mim como se tivessem asas e, com elas, uma impressão urgente de que eu deveria me apressar, de que meu tempo era pouco. Escrevi e escrevi, até que as velas se consumiram por inteiro; pensei em terminar iluminado pelo luar, que me parecia claro como dia, mas a impressão se desfez quando tentei usá-lo para trabalhar.

Tive de abandonar a escrita e, sentindo que era cedo demais para me deitar, pois o relógio da igreja ainda anunciava as dez horas, sentei junto à janela aberta e debrucei-me para fora, tentando respirar um pouco de ar fresco. Era uma noite de beleza excepcional e, quando olhei para fora, a pressa nervosa e a agitação mental se acalmaram. A lua era um círculo perfeito que parecia velejar pelo céu tranquilo, se me é permitida essa expressão poética. Cada detalhe do vilarejo estava tão iluminado pelo luar como se fosse pleno dia, bem como a igreja ali perto, com seus teixos ancestrais, e até os descampados mais além estavam delineados, como se vistos através de papel vegetal.

Demorei-me recostado ao peitoril da janela. O calor ainda era forte. Em geral não estou sujeito a estados de euforia intensa ou de desânimo instantâneo. Mas naquela noite, ali sentado em uma vila remota em meio às charnecas, com a cabeça de Brian apoiada em meu joelho, não sei por que ou como, mas uma intensa depressão aos poucos me dominou.

Minha mente retornou à cripta e aos mortos incontáveis que lá haviam sido depositados. A visão do destino final ao qual chegam toda a vida humana, a força e a beleza não tinha me afetado na hora, mas agora até o ar ao meu redor parecia carregado de morte.

Qual a vantagem, perguntei-me, em trabalhar e desgastar-se, e massacrar meu coração e juventude com um esforço longo e extenuante, se no túmulo a tolice e o talento, a indolência e o empenho são esquecidos da mesma forma? O trabalho parecia estender-se diante de mim até o coração doer de tanto pensar e, em seguida, como recompensa por tanta dedicação... a sepultura. Mesmo que eu tivesse êxito, mesmo que sacrificasse toda minha vida para alcançar o sucesso, que restaria no final? A sepultura. Um pouco mais cedo, enquanto mãos e olhos ainda tivessem força suficiente para trabalhar, ou um pouco mais tarde, quando toda a energia e a visão lhes tivessem sido tomadas; cedo ou tarde, apenas... *a sepultura*.

Não peço perdão pelo tom demasiado mórbido dessas reflexões, pois acredito que elas foram provocadas pelos efeitos lunares que descrevi. A lua, em suas várias fases, sempre exerceu uma acentuada influência sobre o lado poético de minha personalidade.

Por fim, saí de meus devaneios quando o luar me iluminou, no local onde eu estava sentado. Deixando a janela aberta, recompus-me e fui para a cama.

Adormeci quase de imediato, mas creio não ter dormido por muito tempo antes que Brian me despertasse. Ele rosnava baixinho, num tom abafado, como costumava fazer ao dormir com o focinho enfiado em seu tapete. Mandei-o calar-se e, como não o fez, virei-me na cama em busca da caixa de fósforos ou de alguma outra coisa para jogar nele. A luz da lua ainda entrava no aposento, e, enquanto olhava para o cão, vi que este ergueu a cabeça e ficou alerta. Eu o repreendi e estava a ponto de adormecer quando ele começou a rosnar de novo, um rosnado baixo e selvagem que me despertou por completo. Então ele se sacudiu e levantou, e começou a percorrer o quarto. Sentei-me na cama e o chamei, mas não me deu atenção. De repente, à luz do luar eu o vi imobilizar-se. Ele mostrou os dentes e se agachou, os olhos seguindo algo no ar. Olhei-o, horrorizado. Estaria enlouquecendo?

Tinha os olhos arregalados e sua cabeça se movia levemente, como se ele seguisse os movimentos rápidos de um inimigo. Então, com um grunhido furioso, de repente se ergueu e correu através do cômodo, aos saltos, em minha direção, chocando-se contra os móveis, os olhos movendo-se de um lado para outro, mordendo e investindo no ar com os dentes, como louco.

Pulei da cama e, indo até ele, agarrei-o pela garganta. A lua se escondera por trás de uma nuvem; na escuridão, senti quando ele se voltou contra mim, senti quando se ergueu e seus dentes se cravaram em meu pescoço. Eu estava sendo estrangulado. Com toda a força do desespero, segurei-lhe a garganta e, arrastando-o pelo quarto, tentei golpear sua cabeça contra a cabeceira de metal de minha cama. Era minha única chance. Senti o sangue escorrendo por meu pescoço. Eu estava sufocando.

Depois de um momento de luta assustadora, bati a cabeça dele contra a barra e ouvi seu crânio cedendo. Todo o corpo dele estremeceu, ouvi um gemido e então perdi os sentidos.

Quando voltei a mim, estava caído no chão, rodeado pelo pessoal da taverna, minhas mãos rubras ainda agarradas à garganta de Brian. Alguém segurava uma vela, e a corrente de ar da janela fazia com que a chama tremulasse e variasse em intensidade. Olhei para Brian. Estava morto. O sangue de sua cabeça partida vertia-se lentamente sobre minhas mãos. A mandíbula potente estava cerrada ao redor de algo que, na luz inconstante, eu não podia ver.

Alguém iluminou um pouco mais.

– Ah, meu Deus! – gritei. – Vejam isto! Vejam!

– Ele está maluco – disse alguém, e desmaiei de novo.

⁂

Estive enfermo por cerca de duas semanas, sem voltar à consciência, uma perda de tempo que até hoje recordo com um enorme pesar. Quando voltei a mim, descobri que estava sendo tratado com muita dedicação pelo velho clérigo e pelos empregados da taverna. Sempre ouço as pessoas reclamarem da falta geral de bondade no mundo, mas de minha parte posso dizer, com muita sinceridade, que já recebi muito mais bondade do que terei tempo de retribuir. A gente do campo, em especial, é notável pelos cuidados que devotam a estranhos que estejam mal de saúde.

Fiquei inquieto até poder falar com o médico que me socorreu; ele garantiu que eu estaria bem para apresentar minha conferência no dia marcado. Livre dessa ansiedade, contei-lhe o que vira antes de desmaiar pela segunda vez. Ele escutou atento e depois afirmou, num tom que pretendia ser tranquilizador, que eu havia sofrido uma alucinação, devido, obviamente, ao choque causado pela raiva súbita do cão.

– O senhor viu o cão depois de morto? – perguntei-lhe. Ele respondeu que sim. Toda a mandíbula estava coberta de sangue e baba espumosa; os dentes estavam cerrados com força, mas estava claro que isto se devia a uma violenta hidrofobia, causada pelo calor intenso[26], e por isso ele enterrou o corpo o mais depressa possível.

⁂

Meu companheiro se calou quando chegamos a nossas acomodações e subimos as escadas.

---

[26] Sabemos hoje que a *hidrofobia*, ou raiva, não é provocada pelo calor. A doença é causada por um vírus, sendo transmitida de um animal infectado para um sadio por meio de mordida ou do contato da saliva com feridas.

Então, ao acender uma vela, ele baixou devagar o colarinho.

– Pode ver que ainda tenho as marcas – disse ele. – Mas não receio morrer de hidrofobia. Já me disseram que estas marcas tão peculiares jamais poderiam ter sido deixadas pelos dentes de um cão. Se olhar de perto, vai perceber que foram deixadas pela pressão de cinco dedos. É esse o motivo pelo qual uso colarinhos altos.

II

CONTANDO HISTÓRIAS DE INVERNO

Charles Dickens

Há provavelmente um aroma de castanha assada e outras coisas sempre boas e confortáveis, pois estamos em torno da lareira de Natal contando histórias de inverno – histórias de fantasmas, para nossa vergonha – e nem nos mexemos, a não ser para chegar mais perto do fogo. Mas não importa. A casa onde estamos agora é velha, com enormes chaminés e a lenha ardendo sobre antigos trasfogueiros[27] na lareira; das paredes revestidas com painéis de carvalho, retratos sisudos (alguns deles com legendas também sisudas) nos espiam, sombrios e desconfiados.

[27] *Trasfogueiro* é um suporte no qual a lenha é apoiada dentro da lareira.

Somos um nobre de meia-idade[28] e, em certo Natal, após uma ceia generosa com nosso anfitrião e anfitriã, e os muitos convidados que enchem a casa, vamos para a cama. Nosso quarto é muito antigo. Há tapeçarias penduradas. Não gostamos do retrato de um cavalheiro de verde sobre a lareira. Há grandes vigas negras no teto e a armação da cama é enorme e negra, sustentada nos pés por duas figuras também negras, que parecem ter sido retiradas dos túmulos na imponente igreja antiga que há no parque e trazidas diretamente para nossas acomodações particulares. Mas não somos um cavalheiro supersticioso e não nos importamos.

Bem! Dispensamos nosso criado, trancamos a porta e, confortável em nosso roupão, nos sentamos diante do fogo, cismando sobre uma variedade de coisas. Por fim, vamos para a cama. Ora! Não conseguimos dormir. Viramos e mexemos, e nada de adormecer. As brasas na lareira queimam de forma hesitante e dão ao quarto uma aparência fantasmagórica. Não podemos evitar olhares furtivos, por cima da colcha, às duas figuras negras e ao cavalheiro de verde – aquele de expressão maligna. Na luz bruxuleante eles parecem avançar e recuar; e, embora de forma alguma sejamos um nobre supersticioso, isso não é nada agradável. Ora essa! Ficamos nervoso – mais e mais nervoso.

– Com certeza é uma bobagem, mas não podemos suportar esta situação – dizemos. – Vamos fingir que não nos sentimos bem e bater à porta de alguém.

Estamos justamente a ponto de fazer isso quando a porta trancada se abre e entra uma jovem, de palidez cadavérica e longos cabelos claros, que desliza até o fogo e se senta na cadeira que lá deixamos, torcendo as mãos. Então notamos que suas vestes estão molhadas. Nossa língua se cola ao céu

---

[28] O personagem-narrador fala de si mesmo no plural: "somos um nobre", "trancamos a porta" etc. Esse recurso se chama plural majestático, pois foi muito usado no passado por reis e outras "majestades", embora hoje em dia alguns políticos ainda o usem. No caso desse personagem, é provável que ele o use por ser um nobre inglês que se considera muito importante.

da boca e não conseguimos falar; mas observamo-la detalhadamente. Tem as roupas encharcadas, os cabelos estão sujos de lama úmida, veste-se à moda de duzentos anos atrás e carrega no cinturão um molho de chaves enferrujadas. Lá está ela, sentada, e nem mesmo conseguimos desmaiar, tal o estado em que ficamos. Logo ela se levanta e tenta abrir todas as fechaduras do quarto com as chaves enferrujadas, que não servem em nenhuma delas; então fixa os olhos no retrato do cavalheiro de verde.

– Os cervos[29] sabem! – exclama ela, com voz grave e terrível. Depois disso, torce as mãos de novo, passa ao lado da cama e sai pela porta.

Apressamo-nos a vestir o roupão, apanhamos nossas pistolas (sempre viajamos com pistolas) e, quando vamos segui-la, descobrimos que a porta está trancada. Viramos a chave, perscrutamos o corredor escuro: não há ninguém. Vagamos por ali e tentamos encontrar nosso criado. Nada feito. Andamos pelos corredores até o dia romper; então voltamos a nosso quarto deserto, adormecemos e somos acordado pelo criado (nada jamais o assombra) e pelo sol que brilha. Bem!

Tomamos um café da manhã péssimo e todos dizem que nosso aspecto é estranho. Após o café, passeamos pela casa com nosso anfitrião, e, ao levá-lo até o retrato do cavalheiro de verde, tudo é revelado. O homem havia enganado uma jovem governanta, à época vivendo com aquela família e famosa por sua beleza. A moça se afogou num lago e seu corpo só foi descoberto depois de muito tempo, porque os cervos se recusavam a beber daquela água. Desde então, murmura-se que ela passeia pela casa à meia-noite (indo sobretudo ao quarto em que o cavalheiro de verde costumava dormir), experimentando as chaves enferrujadas em todas as velhas fechaduras. Incrível! Contamos ao nosso anfitrião o que vimos; uma sombra obscurece

---

[29] Os *cervos* são mamíferos da família dos cervídeos, que inclui também os veados, alces e renas. No original em inglês, a palavra usada é *stags*, que designa os cervos machos. A caça aos cervos foi uma atividade popular entre os nobres ingleses.

suas feições e ele suplica que não toquemos mais no assunto; e assim se faz. Mas é tudo verdade, e o dissemos a muitas pessoas responsáveis, antes de nossa morte (estamos mortos agora).

Há um sem-fim de casas velhas, com galerias cheias de ecos, quartos de dormir lúgubres e alas mal-assombradas fechadas por muitos anos, pelas quais podemos perambular, com um arrepio agradável nas costas, e encontrar grande número de fantasmas. Mas talvez seja útil mencionar que estes, em geral, pertencem a uns poucos tipos e classes, pois fantasmas têm pouca originalidade e percorrem caminhos bastante comuns.

Assim, acontece muito que, em algum salão antigo, onde certo nobre, barão, cavaleiro ou cavalheiro perverso matou-se com um tiro, haja certas tábuas no assoalho das quais é *impossível* remover o sangue. Pode-se raspar e raspar, como o proprietário atual faz, ou aplainar e aplainar, como o fez o pai dele, ou esfregar e esfregar, como tentou o avô, ou queimar e queimar com fortes ácidos, como feito pelo bisavô, mas o sangue ainda estará lá – nem mais vermelho nem mais pálido – sempre igual.

Da mesma forma, em tais casas pode haver uma porta assombrada que jamais fica aberta; ou outra porta que nunca permanece fechada, ou o som fantasmagórico de uma roca de fiar[30], ou de um martelo, ou passos, ou gritos, ou suspiros, ou o ruído de cascos de cavalos, ou o arrastar de uma corrente. Pode ainda haver uma torre de relógio que, à meia-noite, soe treze vezes quando o chefe da família vai morrer; ou uma carruagem sombria, imóvel, que a uma certa hora é sempre vista por alguém, aguardando junto aos grandes portões do pátio do estábulo.

Ou, ainda, algo como o que se passou com *Lady* Mary quando foi visitar um casarão nos ermos das Terras Altas na Escócia. Fatigada após a extensa jornada, recolheu-se à cama cedo para, na maior inocência, comentar na manhã seguinte, durante o café:

---

[30] Roca de fiar é uma ferramenta utilizada para transformar fibras, como lã e o algodão, em fios.

– Muito estranho darem uma festa tão tarde da noite, e nem me avisarem sobre isso antes que eu me deitasse!

Então todos perguntaram a *Lady* Mary do que estava falando. E ela retrucou:

– Ora, a noite inteira eu ouvi carruagens dando a volta no terraço, sob a minha janela!

O dono da casa, Charles Macdoodle dos Macdoodle, empalideceu, assim como sua senhora. Ele fez sinal a *Lady* Mary para não dizer mais nada, e todos ficaram em silêncio.

Depois do café da manhã, Charles Macdoodle contou a *Lady* Mary que havia na família a tradição de que tais carruagens barulhentas no terraço eram um prenúncio de morte. E aquilo se confirmou, pois, dois meses depois, a senhora da mansão morreu. *Lady* Mary, que era dama de honra na corte[31], sempre contava essa história à rainha Carlota[32], e então o velho rei costumava dizer:

– Hã, hã? O quê, o quê? Fantasmas, fantasmas? Não existem, não existem!

E não parava de repetir isso até ir para a cama.

⁂

Outro caso ocorreu com o amigo de um conhecido nosso, que quando era jovem frequentava a faculdade e tinha um amigo íntimo com quem fez o pacto de que, se fosse possível a um espírito voltar a esta terra após sua separação do corpo, o primeiro dos dois a morrer deveria reaparecer para o outro. Com o passar do tempo, o pacto foi esquecido por nosso amigo, e os dois jovens, tendo progredido na vida, tomaram caminhos divergentes e foram morar em locais distantes. Porém, certa noite, estando nosso amigo no norte da Inglaterra e tendo de pernoitar em uma pousada nas colinas de Yorkshire, aconteceu de olhar para a janela do quarto; e lá, à luz da lua, reclinado junto a uma escrivaninha e fitando-o imperturbável,

---

[31] Na corte inglesa, *damas de honra* eram mulheres solteiras, em geral jovens, que faziam companhia à rainha.
[32] O narrador se refere à rainha Carlota de Mecklemburgo-Strelitz, a esposa do rei Jorge III da Grã-Bretanha, que reinou de 1760 a 1820; na velhice, o rei sofria de demência, surdez e cegueira.

viu seu velho amigo da faculdade! Ao dirigir-se solenemente à aparição, esta replicou, em um tipo de sussurro bem audível:

— Não se aproxime de mim. Estou morto. Vim apenas cumprir minha promessa. Venho de outro mundo, mas não posso revelar os segredos de lá!

Então todo o vulto foi empalidecendo e dissolvendo-se ali mesmo, à luz da lua, até desaparecer.

❧

Houve o caso da filha do primeiro ocupante daquela pitoresca casa elisabetana[33], tão famosa em nossa vizinhança. Nunca ouviu falar dessa moça? Pois quando era uma linda menina de apenas dezessete anos, ela saiu num fim de tarde de verão para colher flores no jardim e logo voltou correndo para o salão, aterrorizada, dizendo a seu pai:

— Ah, querido pai, eu encontrei a mim mesma!

Ele a tomou nos braços e lhe disse que era apenas imaginação dela, mas ela insistiu:

— Não! Eu encontrei comigo mesma no caminho principal, estava pálida e colhendo flores murchas, e voltei minha cabeça e as ergui!

E, naquela mesma noite, ela morreu; uma pintura retratando sua história foi iniciada, porém nunca terminada, e dizem que até hoje está em algum local da casa, virada para a parede.

❧

Já o tio da esposa de meu irmão estava cavalgando de volta para casa, num suave anoitecer, quando na alameda de árvores próxima à sua casa viu um homem em pé, bem no centro do caminho, que ali era bem estreito.

"Por que aquele homem de capa está parado ali?", ele pensou. "Está querendo que eu o atropele?"

O vulto, no entanto, não se moveu. Ele teve uma sen-

---

[33] O reinado da rainha Elizabeth I (1558-1603) foi uma época de grande desenvolvimento da Inglaterra e é conhecido como período elisabetano. Com o crescimento econômico, muitas mansões rurais foram construídas ou reformadas; as casas elisabetanas são famosas por sua elegância e por seu luxo.

sação estranha ao vê-lo tão imóvel, mas diminuiu o trote e seguiu em frente. Quando estava bem perto, quase a ponto de tocá-lo com o estribo, seu cavalo se assustou e a figura subiu barranco acima, de uma forma estranha e sobrenatural – para trás, parecendo não usar os pés –, e desapareceu. O tio da esposa de meu irmão exclamou:

– Pelos céus! É meu primo Harry, de Bombaim[34]!

Esporeou o cavalo, que de repente suava profusamente e, espantado com aquele comportamento tão estranho, arremeteu para a entrada de sua casa. Lá, o cavalheiro viu o mesmo vulto, passando pela porta francesa[35] da sala de estar, que se abria para o pátio. Ele entregou as rédeas a um criado e apressou o passo atrás do vulto. Sua irmã ali estava, sentada, sozinha.

– Alice, onde está meu primo Harry?

– Seu primo Harry, John?

– Sim, de Bombaim. Eu o encontrei na alameda agora mesmo e o vi entrar aqui neste instante.

Mas tal criatura não fora vista por ninguém; e naquela mesma hora e minuto, como se soube depois, esse primo morreu na Índia.

⁂

Havia ainda certa senhora de idade, solteira e muito equilibrada, que morreu aos 99 anos em plena posse de suas faculdades, e que de fato viu o Menino Órfão. Tal lenda sempre foi mal contada, mas o relato verdadeiro é este que fazemos agora, pois na verdade a história aconteceu em nossa família, à qual essa senhora era ligada.

Seu amado morreu jovem, e por isso ela nunca se casou, apesar das várias propostas que recebeu. Ao completar quarenta anos de idade, era ainda uma mulher de rara beleza e foi passar uma

---

[34] Bombaim, ou Mumbai, como se chama atualmente, é a maior cidade da Índia, e uma das maiores do mundo. Enquanto a Índia foi colônia britânica (do século XVII até 1947), uma grande população de ingleses residiu na cidade, que constituía um importante centro comercial e administrativo.

[35] *Porta francesa*, ou *janela francesa*, é uma porta em que a armação emoldura painéis de vidro, como se fosse uma janela.

temporada na propriedade que seu irmão, um mercador das Índias, comprara havia pouco, em Kent[36]. Dizia-se que, no passado, a administração das terras fora entregue, em confiança, ao guardião do herdeiro das terras, um garotinho órfão. Mas o guardião era o próximo na linha de herança e matou o garoto com cruéis maus-tratos.

Ela não conhecia essa história. Também não sabia da jaula que se dizia haver no quarto que ela ocupava, e na qual o guardião teria prendido o menino. Tal jaula não existia; havia apenas um quarto de vestir. A senhora deitou-se, durante a noite não manifestou qualquer inquietação e, pela manhã, indagou calmamente à criada, quando esta veio atendê-la:

— Quem era a criança bonita, mas de expressão melancólica, que esteve a noite inteira me espiando pela porta do quarto de vestir?

A resposta da criada foi um grito estridente e uma fuga desabalada. A senhora ficou surpresa, mas era dotada de notável firmeza mental; assim, vestiu-se e desceu ao andar inferior, onde chamou o irmão para uma conversa a sós.

— Veja, Walter — disse ela —, perturbou-me toda a noite um menino bonito, mas tristonho, que a toda hora me espiava pela porta do quarto de vestir, uma porta que não consigo abrir. Deve ser alguma brincadeira.

— Receio que não, Charlotte — disse ele. — Era o Menino Órfão, uma lenda que existe nesta casa. O que ele fez?

— Ele abria a porta devagar e ficava ali espiando — respondeu ela. — Às vezes dava um ou dois passos para dentro do quarto. Chamei-o, tentando encorajá-lo, mas ele se intimidou, estremeceu, voltou para o quarto de vestir e fechou a porta.

— O quarto de vestir, Charlotte — retrucou seu irmão —, não tem comunicação com nenhuma outra parte da casa, e a porta está pregada.

Essa era a verdade absoluta; dois carpinteiros levaram uma manhã inteira para abrir o cômodo, para que este fosse examina-

---

[36] Kent é um condado situado no sudeste da Inglaterra, vizinho à capital do país, Londres.

do. A senhora então teve certeza de haver visto o Menino Órfão.

Mas a parte mais terrível da história é que ele foi visto também por três dos filhos de seu irmão, um de cada vez, e todos morreram jovens. Em cada caso, a criança, doze horas antes de adoecer, chegara em casa agitada, contando à mãe que havia brincado sob um determinado carvalho, em certo prado, com um garoto estranho – um menino bonito e de aspecto frágil, que era muito tímido e se comunicava com sinais! A trágica experiência revelou aos pais que aquele era o Menino Órfão e que o destino de cada criança por ele escolhida como parceiro de brincadeiras estava traçado.

III

O VISITANTE DE EVELINE

Mary E. Braddon

Foi em um baile de máscaras no Palais Royal[37] que teve início meu desentendimento fatal com meu primo em primeiro grau, André de Brissac. A causa do desentendimento foi uma mulher. As mulheres que seguiam os passos de Felipe de Orleans[38] eram a causa de muitas desavenças como aquela. E para alguém conhecedor das histórias e mistérios da alta sociedade, talvez não houvesse, entre todas as beldades

---

[37] Em francês no original, *Palais Royal* significa "palácio real". É um palácio histórico de Paris, na França, situado perto do famoso Museu do Louvre.

[38] Felipe II, duque de Orleans, foi regente da França de 1715 a 1723, enquanto o futuro rei Luís XV não atingia a maioridade. Sua regência foi um dos períodos de maior corrupção na história francesa. Enquanto governou, manteve uma vida frívola e teve várias amantes.

daquela multidão resplandecente, uma só que parecesse não ter sido manchada por sangue.

Não vou me lembrar do nome daquela por quem André de Brissac e eu cruzamos uma das pontes, em um amanhecer de agosto, rumo ao terreno vazio para além da igreja de Saint-Germain des Prés.

Existiam naquela época muitas belas víboras, e ela era uma delas. Posso sentir a brisa gelada daquela manhã de agosto soprando em meu rosto, enquanto estou aqui sentado esta noite neste quarto deprimente, em meu castelo de Puy Verdun, sozinho e em silêncio, escrevendo a estranha história de minha vida. Posso ver a névoa branca erguendo-se do rio, o perfil sombrio do Châtelet[39] e a silhueta negra das torres quadradas de Notre Dame[40], recortadas contra o céu pálido e cinzento. Com ainda maior nitidez posso lembrar-me do rosto belo e jovem de André, que se postava diante de mim, com seus dois amigos – dois desocupados imprestáveis, igualmente ansiosos por aquele confronto tão pouco natural. Formávamos um grupo muito estranho de ser visto ao nascer daquele dia de verão, todos recém-saídos da agitação dos salões de baile do regente. André usava um traje de caça, elegante e antiquado, copiado de um quadro de família existente em Puy Verdun. Eu estava disfarçado de índio do Mississipi. Os outros homens usavam trajes espalhafatosos, adornados com bordados e joias, que pareciam desbotados na luz pálida do amanhecer.

Nossa briga havia sido violenta, do tipo que só pode ter um resultado, o pior possível. Eu lhe batera, e a verga vermelha deixada por minha mão aberta ardia em seu belo rosto quase feminino enquanto ele estava ali de pé, enfrentando-me. O sol que brilhava a leste iluminava seu rosto e dava um tom ainda mais rubro à marca cruel. Mas a fúria de meus próprios erros ainda es-

---

[39] O *Grand Châtelet* era uma fortaleza situada na margem do rio Sena, que abrigava a sede da polícia de Paris, incluindo prisões e até salas de tortura. Tinha uma reputação sinistra, e seus arredores eram desagradáveis, devido à presença de matadouros e do esgoto que desaguava no Sena. Foi demolido entre 1802 e 1810.

[40] A *Catedral de Notre Dame* (em francês, Nossa Senhora), uma das igrejas mais conhecidas do mundo.

tava vívida, e aquele meu ato de brutal violência ainda não fazia com que desprezasse a mim mesmo.

Para André de Brissac aquele era um insulto terrível. Ele era o preferido da Sorte, o preferido das mulheres, e eu não era ninguém – um soldado rijo que prestara um bom serviço à pátria, mas na presença de uma dama, um grosseirão sem modos.

Duelamos e eu o feri mortalmente. A vida havia sido muito gentil com ele, e creio que um ataque de desespero o dominou quando sentiu que ela se esvaía com seu sangue. Estendido no chão, ele me chamou com um aceno, e ajoelhei-me a seu lado.

– Perdoe-me, André! – murmurei.

Ele não prestou qualquer atenção a minhas palavras, como se minha súplica penalizada não fosse mais do que o marulhar do rio ali ao lado.

– Escute-me, Hector de Brissac – disse ele. – Não sou daqueles que acreditam que um homem já não pertence à terra só porque seus olhos se apagam e sua mandíbula enrijece. Serei enterrado na velha cripta, em Puy Verdun, e você será o senhor do castelo. Ah, eu sei como essas coisas hoje em dia são encaradas com leviandade e como Dubois vai rir quando souber que *este traste* foi morto em duelo. Vão me enterrar e rezar missas por minha alma. Mas você e eu ainda não terminamos este assunto, meu primo. Estarei a seu lado quando você menos esperar me ver. Eu, com esta marca horrível na face que as mulheres elogiavam e amavam. Virei até você quando sua vida parecer mais radiante. Estarei entre você e todos a quem mais amar. Minha mão espectral despejará veneno em sua taça de felicidade. A sombra de meu vulto vai barrar o sol de sua vida. Homens com a vontade de ferro como a minha podem fazer o que quiserem, Hector de Brissac. É minha vontade assombrá-lo quando eu estiver morto.

Tudo isso foi dito em frases curtas e entrecortadas, sussurradas em meu ouvido. Precisei curvar-me e levar a orelha bem perto de seus lábios moribundos. Mas a vontade de ferro de André de Brissac era forte o suficiente para combater a morte, e creio que ele disse tudo o que queria antes que sua cabeça descaísse sobre o manto de veludo no qual o tinham deitado, para nunca mais erguer-se de novo.

Ali estendido, qualquer um o veria como um jovenzinho frágil, belo demais, fraco demais para a batalha chamada vida. Mas há quem se lembre da breve fase adulta de André de Brissac e possa testemunhar quanto à terrível força de sua natureza orgulhosa.

Fiquei imóvel, os olhos baixos fitando o rosto juvenil com aquela marca horrível, e só Deus sabe como estava arrependido do que fizera.

Não levei a sério as ameaças profanas que ele disse em meu ouvido. Eu era um soldado e temente a Deus. Para mim não havia nada de absolutamente horrendo na ideia de ter matado aquele homem. Eu havia matado muitos homens no campo de batalha. E este em particular fizera-me um grande mal.

Meus amigos queriam que eu fugisse do país para escapar às consequências de meu ato. Mas eu estava pronto para elas e permaneci na França. Consegui ficar longe dos tribunais, e insinuaram-me que seria melhor se ficasse confinado a minha própria província. Foram rezadas várias missas na capelinha de Puy Verdun, em intenção da alma de meu primo morto, e seu caixão preencheu um nicho na câmara mortuária de nossos ancestrais.

Sua morte transformou-me em um homem rico, e ter consciência disso tornou odiosa, para mim, a fortuna recém-adquirida. Eu levava uma existência solitária no velho castelo, onde raramente conversava com alguém além dos criados da casa. Todos eles haviam servido a meu primo e nenhum gostava de mim.

Era uma vida dura e triste. Amargurava-me, quando eu cavalgava através da vila, ver os filhos dos camponeses fugirem de mim. Cheguei a ver velhas persignando-se às escondidas quando eu passava por elas. Circulavam estranhos boatos a meu respeito e havia quem sussurrasse que eu tinha dado minha alma ao Maligno como pagamento pela herança de meu primo. Desde menino, eu tivera um semblante sombrio e maneiras ásperas; talvez por isso não tivesse obtido o amor de mulher alguma. Eu me lembro do rosto de minha mãe e de todas suas mudanças de expressão; mas não consigo lembrar-me de nenhum olhar de afeição que ela tivesse me dirigido. Aquela outra mulher, a cujos pés depositei meu coração, aceitou receber minhas atenções, mas nunca me amou. E tudo terminou em traição.

Passei a odiar-me, e já estava quase odiando as outras criaturas humanas quando um desejo ardente me invadiu e ansiei por retornar ao burburinho e às multidões da cidade grande. Voltei a Paris, onde mantive distância da corte e onde um anjo sentiu compaixão por mim.

Ela era filha de um antigo companheiro, um homem cujos méritos haviam sido negligenciados, os feitos ignorados e que mofava em sua residência decrépita, como um rato em seu buraco, enquanto toda Paris enlouquecia com o Economista Escocês e cavalheiros e lacaios se pisoteavam até a morte na rua Quincampoix[41]. A filha única desse pequenino e velho capitão dos dragões[42] era a própria encarnação de um raio de sol, cujo nome humano era Eveline Duchalet.

Ela me amava. As bênçãos mais valiosas de nossas vidas com frequência são aquelas que menos nos custam. Desperdicei os melhores anos de minha juventude venerando uma mulher perversa, que no final me rejeitou e traiu. Dirigi a esse anjo dócil apenas algumas palavras educadas, um pouco de atenção fraternal e, pronto, ela me amava. A vida que havia sido tão fúnebre e desolada ganhou brilho sob a influência da moça; e retornei a Puy Verdun tendo por companhia uma noiva jovem e bela.

---

[41] John Law (1671-1729), o "Economista Escocês", criou o conceito de papel-moeda como dinheiro, em substituição à circulação de moedas de metais preciosos (como ouro e prata). Com isso revigorou a economia francesa e tornou-se uma das pessoas mais importantes (e ricas) da França à época. Law detinha o monopólio da exploração de várias colônias francesas, por meio da Companhia do Ocidente e da Companhia das Índias; ao vender ações das empresas, atraía para seu banco, situado na rua Quincampoix, em Paris, multidões desesperadas por negociarem os papéis. Depois de uma onda de especulação selvagem, Law foi à bancarrota e teve de fugir da França.

[42] *Dragão* era o nome dado a soldados da infantaria montada, treinados para cavalgar e para combater a pé.

Ah, que doce mudança houve em minha vida e em meu lar! As crianças da vila já não fugiam assustadas quando o cavaleiro sombrio passava, as velhas já não se persignavam. Pois agora uma mulher cavalgava a seu lado, uma mulher cuja bondade havia conquistado o amor de todas aquelas criaturas ignorantes e cuja companhia transformara o triste senhor do castelo em um marido devotado e um patrão gentil. Os velhos criados esqueceram o destino prematuro de meu primo e passaram a me servir com cordial boa vontade, pelo amor a sua jovem patroa.

Não há palavras para descrever a felicidade pura e perfeita daqueles dias. Sentia-me como um viajante que tivesse cruzado os mares congelados de uma região ártica, distante do amor ou da companhia humana, para de repente achar-se em meio a um vale verdejante, na atmosfera deliciosa do lar. A mudança pareceu um pouco luminosa demais para ser real, e lutei em vão para afastar da mente a vaga suspeita de que minha nova vida não fosse nada além de algum sonho fantástico.

Tão breves foram aquelas horas de bonança que, relembrando-me delas agora, nem sequer parece estranho que eu ainda esteja meio inclinado a imaginar que os primeiros dias de minha vida de casado possam ter sido nada além de um sonho.

Nem em meus dias de melancolia, nem nos de felicidade, fui perturbado pela lembrança do juramento profano de André. As palavras que, com seu último alento, ele sussurrara em meu ouvido eram para mim vazias e sem sentido. Ele dera vazão a sua fúria com aquelas ameaças sem sentido e poderia ter feito o mesmo com ofensas igualmente inúteis. Assombrar os passos de seu inimigo depois de morrer é a única vingança que um moribundo pode prometer a si mesmo. E se os homens tivessem a capacidade de vingar-se dessa forma, a Terra estaria lotada de espectros.

Eu morava em Puy Verdun havia três anos. Na solene meia-noite, sentara-me sozinho junto à lareira, onde ele se sentara. Percorri os corredores onde haviam soado seus passos. E, em todo esse tempo, minha imaginação jamais me enganou, fazendo-me vislumbrar a sombra do falecido. Parece estranho, portanto, que eu tenha esquecido a horrível promessa de André?

Não havia em Puy Verdun nenhum quadro retratando meu primo. Naquela época, a arte de sala de visitas estava em seu auge; uma miniatura pintada na tampa de uma *bonbonnière* de ouro ou artisticamente escondida em uma grossa pulseira estava muito mais na moda do que uma enorme e desajeitada imagem em tamanho natural, que só poderia ser pendurada nas paredes mal-iluminadas de um castelo rural, raramente visitado por seu proprietário. A bela face de meu primo adornava mais de uma *bonbonnière* e tinha sido escondida em mais de uma pulseira. Mas não estava entre os rostos que observavam a partir das paredes revestidas de madeira de Puy Verdun.

Na biblioteca encontrei um quadro que despertou associações dolorosas. Era o retrato de um De Brissac que havia prosperado no tempo de Francisco I[43]. Havia sido dessa pintura que meu primo André copiara o traje antigo de caça que usou no baile do regente. A biblioteca era onde eu passava boa parte de minha vida; ordenei que pendurassem uma cortina, escondendo o quadro.

Fazia três meses que estávamos casados quando, um dia, Eveline perguntou:

– Quem é o dono do castelo mais próximo daqui?

Olhei-a espantado.

– Minha querida, não sabe que não existe nenhum outro castelo num raio de sessenta e cinco quilômetros ao redor de Puy Verdun? – respondi.

– De fato! – ela exclamou. – É bem estranho.

Perguntei-lhe por que o fato lhe parecia estranho e, depois de muito insistir, por fim ouvi dela o motivo de sua surpresa.

No último mês, durante suas caminhadas pelo parque e pelo bosque, ela encontrara um homem que, por seus trajes

---

[43] Francisco I foi rei da França de 1515 a 1547. Foi durante seu reinado que o Renascimento chegou ao país, que passou por grande desenvolvimento cultural.

e por seus modos, obviamente era nobre. Ela havia suposto que ele vivia em algum castelo próximo e que sua propriedade fosse vizinha à nossa. Não consegui imaginar quem poderia ser o homem. Minha propriedade de Puy Verdun estava situada no coração de uma região desolada e, salvo quando a carruagem de algum viajante atravessava a vila, aos trancos e barrancos, a chance de cruzar com um cavalheiro era a mesma de encontrar um semideus.

— Você tem visto com frequência esse homem, Eveline? — perguntei.

Ela respondeu, num tom levemente triste.

— Eu o vejo todos os dias.

— Onde, querida?

— Às vezes no parque, às vezes no bosque. Sabe a pequena cascata, Hector, onde há uma construção abandonada de pedra, formando uma espécie de caverna? Gosto muito daquele lugar e tenho passado várias manhãs ali, lendo. Ultimamente tenho visto o estranho ali, todo dia.

— E ele nunca se atreveu a falar-lhe?

— Nunca. Tiro os olhos de meu livro e vejo-o parado a alguma distância, olhando-me em silêncio. Continuo lendo e, quando levanto de novo o olhar, ele desapareceu. Ele deve ir e vir caminhando com cuidado, pois nunca ouço seus passos. Às vezes quase desejo que fale comigo. É tão terrível vê-lo parado ali, quieto.

— É algum camponês insolente tentando assustá-la.

Minha esposa sacudiu a cabeça.

— Não é um camponês — respondeu. — Não o digo apenas por suas roupas, pois isso é algo que não faço. Ele tem um ar de nobreza que é impossível confundir.

— É jovem ou velho?

— É jovem e atraente.

Incomodou-me a ideia de que esse estranho estivesse perturbando a paz de minha esposa. Fui direto à vila, indagar se algum estranho tinha sido visto por lá. Não falaram de ninguém. Interroguei com rigor os criados, sem resultado. Então decidi acompanhar minha esposa em suas caminhadas e julgar por mim mesmo a classe social do estranho.

Por uma semana devotei todas minhas manhãs a percorrer com Eveline o parque e o bosque. Nesse período, não vimos ninguém além de um ou outro camponês usando tamancos de madeira, ou criados nossos voltando de fazendas vizinhas.

Eu tinha por hábito estudar muito e aquelas caminhadas de verão perturbavam o ritmo regular de minha vida. Minha esposa percebeu e implorou-me que não me preocupasse mais com aquilo.

– Vou passar as manhãs no jardim, Hector. O estranho não pode vir me incomodar ali.

– Começo a achar que o estranho é só uma criação de seu cérebro romântico – respondi, sorrindo para a face ansiosa que se erguia para a minha. – Uma castelã que está sempre lendo romances pode muito bem encontrar cavalheiros elegantes no bosque. Atrevo-me a dizer que devo agradecer a Mademoiselle de Scudéry pelo nobre desconhecido, que talvez seja apenas o grande Ciro vestido à moda atual[44].

– Ah, esse é o ponto que me intriga, Hector – disse ela. – Os trajes do estranho não são atuais. Ele tem a aparência que um velho retrato teria se pudesse sair de sua moldura.

As palavras dela me assustaram, pois me fizeram lembrar do quadro oculto na biblioteca e da antiga roupa em laranja e roxo com que André de Brissac se fantasiara no baile do regente.

Depois disso, Eveline limitou seus passeios ao jardim adjacente à casa e por muitas semanas não ouvi mais falar do estranho. Tirei da cabeça qualquer pensamento sobre o assunto, pois uma preocupação mais séria e pesada se abateu sobre mim. A saúde de minha esposa começou a declinar. A mudança nela era tão gradual que se tornava imperceptível para aqueles que a viam dia após dia. Foi somente quando ela vestiu um belo vestido de gala, que não

---

[44] A escritora francesa Madeleine de Scudéry (1607-1701) escreveu, com seu irmão Georges, *Artamène ou le Grand Cyrus* (Artamene ou Grande Ciro), considerado o mais longo romance já escrito na França, com dez volumes que somam mais de 13 mil páginas.

usava havia meses, que percebi como seu corpo havia minguado. O corpete bordado pendia folgado e os olhos, antes tão brilhantes quanto as joias que usava no cabelo, estavam baços e sem vida.

Enviei um mensageiro a Paris, para convocar um dos médicos da corte. Mas sabia que muitos dias deveriam se passar antes que ele conseguisse chegar a Puy Verdun.

Nesse meio-tempo, observei minha esposa com um medo inexprimível.

Não era apenas sua saúde que se deteriorava. A mudança era mais dolorosa de contemplar do que qualquer alteração física. O espírito alegre e luminoso havia desaparecido, e no lugar de minha esposa jovem e feliz eu via uma mulher arrasada por uma profunda melancolia. Em vão procurei descobrir a causa da tristeza de minha amada. Eveline me garantiu que não tinha qualquer motivo de amargura ou insatisfação e, se ela parecia triste sem motivo, que eu desculpasse sua tristeza e que a considerasse mais um infortúnio do que um defeito.

Disse-lhe que o médico da corte descobriria logo uma cura para seu abatimento, que certamente tinha causas físicas, uma vez que ela não tinha uma base real de angústia. Embora não dissesse nada, porém, percebi que Eveline não tinha esperança ou fé nos poderes curativos da medicina.

⁓

Um dia, desejando distraí-la de seu silêncio melancólico que costumava prolongar-se por até uma hora, comentei, rindo, que ela parecia ter esquecido seu misterioso cavalheiro do bosque e que ele também parecia tê-la esquecido.

Para meu espanto, seu rosto pálido tingiu-se de um vermelho súbito. E de vermelho voltou à palidez, num instante.

– Você nunca mais o viu desde que abandonou sua caverna no bosque? – continuei.

Ela me lançou um olhar de partir o coração.

– Hector – gritou –, eu o vejo todos os dias. E é isso que está me matando.

Ao dizer isso ela irrompeu em um choro convulsivo. Tomei-a em meus braços como se fosse uma criança assustada e tentei reconfortá-la.

– Minha querida, isso é loucura – disse-lhe. – Você sabe que nenhum estranho pode vir até o jardim. O fosso tem três metros de largura e está sempre cheio de água, e o velho Massou mantém os portões trancados dia e noite. A castelã de uma fortaleza medieval não precisa temer nenhum intruso em seu jardim centenário.

Minha esposa sacudiu a cabeça com tristeza.

– Eu o vejo todos os dias – repetiu.

Isso me convenceu de que minha esposa estava louca. Evitei fazer mais perguntas sobre o misterioso visitante. Indagando demais sobre sua aparência e seus modos, suas idas e vindas, eu daria forma e substância à sombra que a atormentava e isso seria prejudicial, pensei.

Tive o cuidado de assegurar-me de que ninguém de fora poderia de modo algum penetrar no jardim. Tendo feito isso, de boa vontade esperei pela vinda do médico.

Por fim ele chegou. Revelei-lhe a certeza que me fazia sofrer. Contei acreditar que minha esposa estava louca. Ele a viu; passou toda uma hora a sós com ela e depois veio falar comigo. Para meu indescritível alívio, ele me garantiu quanto a sua sanidade.

– Existe a possibilidade de que possa estar sendo afetada por uma ilusão – disse-me. – Mas ela é tão sensata quanto a todo o resto, que não consigo acreditar que seja vítima de uma monomania[45]. Estou mais inclinado a pensar que ela de fato vê a pessoa de quem fala. Ela o descreveu em detalhes precisos. As descrições de cenas ou indivíduos dadas por pacientes afligidos pela monomania são sempre mais ou menos desconexas, mas sua esposa conversou comigo com tanta clareza e de forma tão lúcida como estou lhe falando agora. Tem certeza de que não há ninguém que possa se aproximar dela naquele jardim que ela frequenta?

---

[45] A *monomania* (do grego, *monos*, "um", e *mania*, "loucura") é uma condição em que a pessoa tem obsessão por uma única coisa.

– Certeza absoluta.

– Há algum parente de seu mordomo ou algum agregado da criadagem? Um jovem com um rosto belo e quase feminino, muito pálido e com uma cicatriz vermelha bem visível, que parece o vergão de um golpe?

– Meu Deus! – gritei, quando a luz se fez de repente em minha mente. – E as roupas... Uma estranha vestimenta à moda antiga?

– O homem usa um traje de caça roxo e laranja – respondeu o médico.

Descobri então que André de Brissac havia mantido sua palavra e que na hora em que minha vida estava mais radiante, sua sombra se colocara entre mim e a felicidade.

Mostrei a minha esposa o quadro na biblioteca, pois queria me certificar de que havia algum equívoco em minhas suspeitas acerca de meu primo. Ela tremeu como uma folha ao contemplá-lo e agarrou-se a mim convulsivamente.

– Isto é bruxaria, Hector – disse. – A roupa desse quadro é a roupa do homem que vejo no jardim. Mas o rosto é diferente.

Então ela descreveu o rosto do estranho. Era o de meu primo, em todos os detalhes – André de Brissac, que ela nunca havia visto em pessoa. E o mais vívido de sua descrição era a marca cruel em sua face, o sinal de um golpe violento dado com a mão aberta.

Depois disso, levei minha esposa embora de Puy Verdun. Viajamos para longe, pelas províncias do sul da França e depois até o coração da Suíça. Eu queria distanciar-me do horrendo espectro e esperava do fundo do coração que a mudança de cenário trouxesse paz a minha esposa.

Mas isso não aconteceu. Onde quer que fôssemos, o fantasma de André de Brissac nos seguia. A sombra fatal jamais se revelou a meus olhos. Essa teria sido uma vingança pobre demais. Foi o coração inocente de minha esposa que André transformou no instrumento de sua desforra. Aquela presença ímpia destruiu a vida dela. Minha companhia constante não podia protegê-la do terrível intruso. Em vão eu a vigiava; em vão tentava confortá-la.

— Ele não vai me deixar em paz — afirmou ela. — Ele se intromete no meio de nós, Hector. Está parado entre nós agora. Posso ver seu rosto com a marca vermelha, com mais clareza do que vejo o seu.

⁂

Numa bela noite enluarada, quando estávamos juntos em uma vila de montanha, no Tirol, minha esposa jogou-se a meus pés, dizendo que era a pior e mais vil das mulheres.

— Já contei tudo a meu confessor — disse ela. — Desde o início não ocultei do Céu meu pecado. Mas sinto que a morte está perto de mim e, antes de morrer, desejo revelar a você meu pecado.

— Que pecado, minha adorada?

— Da primeira vez que o estranho apareceu diante de mim na floresta, sua presença me assombrou e intimidou, e fugi dele como se fosse algo bizarro e terrível. Ele voltou, de novo e de novo. Aos poucos peguei-me pensando nele e esperando que aparecesse. Sua imagem assombrava-me o tempo todo. Lutei em vão para manter seu rosto longe da mente. Seguiu-se então um período em que não o vi e, para minha vergonha e desespero, descobri que a vida parecia árida e desolada sem ele. Foi depois disso que ele começou a assombrar o jardim e... ah, Hector, mate-me se quiser, pois não mereço misericórdia em suas mãos! Por essa altura, eu contava as horas que se passariam antes de sua aparição e não tinha prazer senão ao ver aquele rosto pálido marcado de vermelho. Ele drenou todas as antigas alegrias tão familiares ao meu coração e deixou nele um único e profano prazer: o deleite de sua presença. Por um ano vivi apenas para vê-lo. E agora amaldiçoe-me, Hector, pois esse é meu pecado. Não sei se provém da baixeza de meu próprio coração, ou se é fruto de bruxaria, mas sei que tenho lutado em vão contra essa perversidade.

Apertei minha esposa contra mim e perdoei-a. Em realidade, que tinha eu a perdoar? Acaso seria culpa dela a fatalidade que nos afligia? Na noite seguinte, ela morreu, com sua mão na minha. E no último instante ela me disse, chorando e assustada, que ele estava a seu lado.

IV

O ANEL DE TOTH

Arthur Conan Doyle

O sr. John Vansittart Smith, membro da Sociedade Real[46], morador da rua Gower, 147a, era um homem que, por sua firmeza de propósitos e clareza de pensamento, poderia ter figurado entre os melhores observadores científicos. Mas foi vítima de uma ambição sem limites, que o levou a tentar destacar-se em múltiplos assuntos, em vez de concentrar seus esforços num só.

Na juventude, demonstrou aptidão para a Zoologia e a Botânica, o que fez com que seus

---

[46] A *Sociedade Real*, em inglês *The Royal Society*, foi fundada em 1660, e é até hoje uma instituição acadêmica importante, formada por respeitados cientistas britânicos.

amigos o considerassem um segundo Darwin[47]. Porém, quando estava na iminência de tornar-se professor, abandonou de repente os estudos e passou a dedicar-se à Química. Nessa disciplina, suas pesquisas sobre os espectros dos metais[48] lhe valeram a entrada na Sociedade Real. Mas de novo ele deu as costas ao assunto e, após um ano de ausência do laboratório, entrou para a Sociedade Oriental. Publicou um ensaio sobre as inscrições hieroglíficas e demóticas em El Kab[49], dando assim um exemplo gritante da versatilidade e da inconstância de seus talentos.

Mas até o mais indeciso dos namoradores acaba sendo fisgado, e foi o que aconteceu com John Vansittart Smith. Quanto mais se aprofundava na Egiptologia, mais perplexo ficava com o vasto campo de pesquisa que se abria e com a importância extrema de um tema que prometia desvendar as primeiras sementes da civilização humana e a origem da maior parte de nossas artes e ciências.

Tão impressionado estava o sr. Smith, que de imediato casou-se com uma jovem egiptóloga que havia escrito sobre a sexta dinastia[50]. E, tendo assim assegurado uma sólida base de operações, ele se lançou em busca de materiais para um trabalho que uniria a pesquisa de Lepsius e a genialidade de Champollion[51]. A preparação dessa obra portentosa demandou várias visitas à

---

[47] Charles Darwin (1809-1882) foi um naturalista inglês. Ficou conhecido por apresentar a teoria da evolução por meio da seleção natural, que revolucionou o conhecimento científico e é amplamente aceita até os dias de hoje. Como o personagem de Conan Doyle, pertenceu à Sociedade Real e morou, por alguns anos, na rua Gower.

[48] *Espectro* é o resultado da *espectroscopia*, análise das substâncias por meio das cores da luz que é emitida, absorvida ou refletida por uma amostra.

[49] A escrita hieroglífica utiliza *hieroglifos* (do grego *hieros*, "sagrado", e *glyphein*, "escrita"), que são símbolos ou figuras empregados para representar sons ou palavras. Era usada, pelos escribas egípcios, para assuntos religiosos e oficiais. A escrita demótica (do grego *demotikos*, "popular") surgiu posteriormente, como uma simplificação da hieroglífica, e era usada sobretudo para relatar e registrar assuntos do dia a dia. El Kab é um sítio arqueológico na margem direita do rio Nilo.

[50] Uma *dinastia* é uma sequência de soberanos que pertencem a uma mesma família. A sexta dinastia egípcia governou há mais de 4 mil anos.

[51] Karl Richard Lepsius (1810-1884), egiptólogo alemão, foi pioneiro da moderna arqueologia. Jean François Champollion (1790-1832), linguista e egiptólogo francês, decifrou os hieróglifos egípcios.

magnífica coleção egípcia do Louvre[52] e, na última delas, em meados de outubro passado, ele se envolveu em uma aventura estranha e digna de nota.

Depois de uma viagem de trem lenta e uma difícil travessia do Canal[53], o estudioso chegou a Paris numa condição um tanto confusa e febril. Uma vez no Hotel de France, na rua Laffitte, ele se jogou em um sofá por algumas horas; mas, vendo-se incapaz de pegar no sono, resolveu ir até o Louvre apesar da fadiga; verificaria o detalhe que viera elucidar e tomaria o trem noturno de volta a Dieppe[54]. Tendo chegado a essa decisão, vestiu o sobretudo, pois o dia estava chuvoso, e enveredou pelo Boulevard des Italiens, descendo a avenida de L'Opera. No Louvre, estava em terreno familiar e depressa encaminhou-se para a coleção de papiros que pretendia consultar.

Nem os admiradores mais entusiastas de John Vansittart Smith diriam que ele era um homem atraente. O nariz aquilino e o queixo proeminente ecoavam o caráter agudo e incisivo de seu intelecto. A forma como erguia a cabeça fazia lembrar uma ave, bem como os movimentos súbitos com que, numa conversa, disparava objeções e réplicas. Parado ali, com a gola alta do sobretudo erguida até as orelhas, ele mesmo podia constatar, no reflexo da vitrina diante de si, que sua aparência era bem peculiar. Ainda assim, levou um susto quando uma voz exclamou em inglês, às suas costas, em alto e bom som:

– Que sujeito mais esquisito!

O estudioso tinha, em sua composição, uma boa dose de pequenas vaidades, externada na forma de um descaso ostensivo e exagerado por qualquer consideração pessoal. Ele apertou os lábios e fixou o olhar nos rolos de papiros, enquanto seu coração se enchia de amargura contra toda a corja dos turistas britânicos.

---

[52] O Museu do Louvre, localizado em Paris, França, é um dos mais importantes museus do mundo.
[53] O Canal da Mancha é o braço de mar que separa a ilha da Grã-Bretanha da França e une o oceano Atlântico ao mar do Norte.
[54] Dieppe é uma cidade do litoral da França, de cujo porto saem barcos para a cidade inglesa de Newhaven; essa é considerada a rota mais curta entre França e Inglaterra.

– Sim, é mesmo um camarada muito estranho – disse outra voz.

– Sabe, a gente pode até imaginar que de tanto contemplar as múmias o infeliz acabou virando meio múmia também – prosseguiu o primeiro.

– Com certeza sua fisionomia é do tipo egípcio – declarou o outro.

John Vansittart Smith girou sobre os calcanhares com a intenção de envergonhar seus conterrâneos com um ou dois comentários sarcásticos. Para sua surpresa e alívio, os dois jovens interlocutores estavam de costas para ele e observavam um funcionário do Louvre, que polia peças de bronze do outro lado da sala.

– Carter deve estar nos esperando no Palais Royal[55] – disse um turista ao outro, olhando seu relógio, e então os dois se afastaram, deixando o estudioso em paz.

"Queria saber o que esses tagarelas acham que é uma fisionomia de tipo egípcio", pensou John Vansittart Smith e virou-se ligeiramente para poder espiar o rosto do funcionário.

Teve um sobressalto ao pousar os olhos nele.

Era, de fato, uma face com a qual sua pesquisa o familiarizara. As feições esculturais e perfeitas, a testa larga, o queixo arredondado e a pele morena eram uma cópia exata de incontáveis estátuas, sarcófagos e pinturas que adornavam as paredes de seu apartamento. Não podia ser apenas coincidência. Ele tinha de ser egípcio! Só pelo ângulo típico dos ombros e pelos quadris estreitos já era possível identificar sua nacionalidade.

John Vansittart Smith foi até o funcionário com a vaga intenção de abordá-lo. Não era muito bom em puxar conversa e achava difícil encontrar um meio-termo entre a rispidez de um superior e a camaradagem de um igual. Enquanto se aproximava, o homem continuava de perfil, ainda fitando seu trabalho. Vansittart Smith, os olhos fixos na pele do camarada, teve a

---

[55] *Palais Royal*, em francês, significa "Palácio Real". Edifício histórico de Paris, situado próximo ao Museu do Louvre.

súbita impressão de que a aparência dele tinha algo inumano e sobrenatural. Na testa e nas maçãs do rosto, a pele era lustrosa e brilhante como um pergaminho envernizado. Nenhum sinal de poros. Não dava para imaginar uma gota de suor naquela superfície árida. Das sobrancelhas ao queixo, porém, a face era sulcada por um milhão de delicadas rugas, que se cruzavam e entrelaçavam como se a natureza, com senso de humor maori[56], tivesse tentado criar o padrão mais louco e complexo possível.

— *Où est la collection de Memphis*[57]? — perguntou o estudioso, com o ar constrangido de alguém que inventa uma pergunta só para começar uma conversa.

— *C'est là*[58] — respondeu o homem, seco, apontando com a cabeça para o outro lado da sala.

— *Vous êtes un egyptien, n'est-ce pas*[59]? — o inglês perguntou.

O funcionário ergueu o rosto e voltou para o interlocutor seus estranhos olhos escuros. Eram vítreos, com um brilho seco enevoado, como Smith jamais notara numa face humana antes. Ao fitá-los, viu uma estranha emoção surgir no fundo deles, crescendo e se avolumando até irromper num olhar que expressava algo entre o horror e o ódio.

— *Non, monsieur, je suis français*[60].

O homem se virou bruscamente e curvou-se sobre a peça que polia. O estudioso olhou-o por um instante, atônito, e então foi até um canto retirado, atrás de uma das portas. Acomodou-se em uma cadeira e passou a fazer anotações sobre a pesquisa nos papiros. Seus pensamentos, porém, recusavam-se a voltar à rotina natural. Eles se fixavam no atendente enigmático, com rosto de esfinge e pele de pergaminho.

---

[56] Os *maoris* são o povo nativo da Nova Zelândia, na Oceania. Uma de suas artes tradicionais é a tatuagem, pintura permanente que muitas vezes reveste boa parte do corpo, inclusive o rosto, com padrões complexos e elaborados.
[57] Em francês no original: "Onde fica a coleção de Mênfis?". Mênfis foi uma importante cidade do antigo Egito.
[58] "Está lá."
[59] "O senhor é egípcio, não é?"
[60] "Não, senhor, eu sou francês."

"Onde já vi olhos assim?", disse Vansittart Smith para si. "Há algo de sáurio neles, algo reptiliano. Como a membrana nictitante das serpentes"[61], ponderou, recordando seus estudos de Zoologia. "Isso lhes dá um aspecto brilhante. Mas não foi só isso. Pareceu-me ver neles uma sensação de poder, de sabedoria e de cansaço, um cansaço extremo e um desespero indescritível. Pode ser tudo imaginação, mas nunca me impressionei tanto com coisa alguma. Por Júpiter[62], preciso dar uma outra olhada nele!"

Ele se levantou e percorreu as salas egípcias, mas o homem que despertara sua curiosidade tinha sumido.

O estudioso voltou a sentar-se em seu canto tranquilo e continuou trabalhando em suas notas. Obtivera nos papiros a informação de que precisava e tinha só que registrá-la enquanto tudo ainda estava fresco na memória. Por algum tempo, o lápis percorreu ligeiro o papel, mas logo as linhas ficaram menos retas, as palavras mais borradas; por fim o lápis resvalou para o chão e a cabeça do estudioso caiu pesada sobre seu peito.

Cansado da viagem, ele dormiu tão profundamente em seu posto solitário atrás da porta, que nem o estardalhaço do guarda civil, nem os passos dos turistas, nem a forte campainha estridente que anunciava a hora de fechar foram suficientes para despertá-lo.

O crepúsculo se transformou em escuridão, o burburinho da rua de Rivoli aumentou e diminuiu, os sinos distantes da igreja de Notre Dame soaram a meia-noite, e ainda a figura escura e solitária continuou sentada, silenciosa, nas sombras.

Já era quase uma da manhã quando, com uma inalação súbita, Vansittart Smith voltou à consciência. Por um momento, pareceu-lhe ter adormecido na cadeira de seu estúdio, em casa.

---

[61] *Sáurio* é o mesmo que réptil. A *membrana nictitante* é uma terceira pálpebra, translúcida, que desliza sobre o olho para umedecer ou proteger a córnea. Ela existe em aves, répteis e em alguns mamíferos e tubarões, mas não em serpentes, cujo olho, desprovido de pálpebras, é revestido por uma espécie de lente fixa, formada por escamas transparentes. É essa lente que dá a aparência vidrada do olhar da serpente.

[62] No original, a exclamação era *By Jove!*, muito usada pelos ingleses. Na mitologia da Roma Antiga, Júpiter ou Jove era o rei dos deuses, senhor do céu e do trovão, e equivalia ao Zeus dos gregos antigos, deus supremo do Olimpo.

A lua, porém, brilhava hesitante através da janela entreaberta e, à medida que seus olhos percorreram uma série de múmias e a sequência sem fim de vitrinas polidas, ele recordou com clareza de onde estava e como fora parar lá.

Não era um homem nervoso. Possuía aquela paixão por situações inusitadas que é peculiar a seu tipo. Esticando as pernas enrijecidas, consultou o relógio de pulso e deu um risinho ao ver as horas. O episódio daria uma bela anedota a ser inserida em seu próximo artigo, como um respiro entre as especulações mais sisudas e pesadas. Tinha um pouco de frio, mas estava bem acordado e muito descansado. Não era de admirar que os guardas não o tivessem visto, pois a porta lançava uma sombra densa exatamente sobre ele.

O silêncio completo era impressionante. Nem lá fora nem ali dentro se ouvia um rangido ou murmúrio. Ele estava sozinho com gente morta de uma civilização morta. E pensar que, na cidade lá fora, o século XIX transbordava exuberante! Em todo aquele aposento não havia qualquer objeto, da enrugada espiga de trigo à caixa de pigmentos do pintor, que não tivesse resistido a 4 mil anos. Ali se encontravam destroços carregados pelo grande oceano do tempo, trazidos de um império distante. Relíquias provenientes da imponente Tebas, da nobre Luxor, dos grandes templos de Heliópolis[63], de uma centena de túmulos saqueados.

O estudioso olhou ao redor, para as figuras silenciosas que se entreviam na escuridão, para os trabalhadores antes tão ocupados e agora em repouso, e então caiu num estado de reverência e reflexão. Uma percepção incomum de sua própria juventude e insignificância o invadiu. Recostando-se na cadeira, ele observou, sonhador, a longa perspectiva das salas, prateadas ao luar, estendendo-se por toda a ala do amplo edifício. Seus olhos caíram sobre o brilho amarelado de uma lamparina distante.

---

[63] Tebas, Luxor e Heliópolis foram cidades importantes do antigo Egito.

John Vansittart Smith endireitou-se, os nervos à flor da pele. A luz avançava bem devagar em sua direção, parando de tempos em tempos, e depois prosseguindo aos solavancos. Quem a portava movia-se sem ruído. Naquele silêncio absoluto não havia o menor som de passos.

A ideia de dar de cara com ladrões insinuou-se na mente do inglês. Ele se apertou mais contra o canto. A luz estava a duas salas dali. Logo chegou à câmara adjacente, e ainda não se ouvia som algum. Com uma palpitação semelhante ao medo, o estudioso viu um rosto a flutuar no ar, por trás do clarão da lamparina. O vulto estava envolto em sombras, mas a luz iluminava em cheio uma face estranha, ansiosa. Não havia como confundir os olhos metálicos e reluzentes, a pele cadavérica. Era o funcionário com quem conversara.

O primeiro impulso de Vansittart Smith foi mostrar-se e falar com ele. Com poucas palavras explicaria o que ocorrera e sem dúvida seria conduzido a alguma saída, de onde poderia voltar ao hotel. Mas, quando o homem entrou na câmara, havia algo tão furtivo em seus movimentos e em sua expressão que o inglês mudou de ideia. Essa com certeza não era uma ronda oficial comum. O sujeito usava chinelos com sola de feltro, caminhava com o peito erguido e relanceava o olhar para os lados, enquanto sua respiração apressada e arfante fazia tremer a chama da lamparina.

Vansittart Smith se encolheu de novo no canto, em silêncio, e observou com atenção, convencido de que o homem estava envolvido em algo secreto e decerto sinistro.

Não havia hesitação nos movimentos do outro. Num passo leve e ligeiro, foi até uma das vitrinas maiores e, tirando uma chave do bolso, destrancou-a. Da prateleira superior puxou uma múmia, que deitou no piso, com todo o cuidado e atenção. Pousou a lamparina ao seu lado e, agachando-se junto dela à maneira oriental, começou a remover, com dedos compridos e trêmulos, os tecidos encerados e bandagens que a envolviam. À medida que as tiras de linho ressecado eram removidas, uma após a outra, um odor forte, aromático, encheu o aposento e fragmentos de madeira perfumada e de especiarias se esparramaram pelo piso de mármore[64].

Estava claro para John Vansittart Smith que aquela múmia nunca tinha sido desenfaixada antes. A operação o interessava imensamente; ele palpitava de curiosidade, e sua cabeça passeriforme se projetou mais e mais de trás da porta. Quando, porém, a última faixa foi removida da cabeça de 4 mil anos, ele a duras penas conteve um grito de espanto. Primeiro, uma cascata de tranças longas, negras, lustrosas, derramou-se sobre mãos e braços do homem. Uma segunda volta da bandagem revelou uma testa baixa, branca, com um par de sobrancelhas delicadamente arqueadas. A terceira descobriu dois olhos brilhantes, orlados por cílios espessos e um nariz reto e bem delineado, enquanto a quarta pôs à mostra uma boca doce, cheia, sensível, e um queixo lindamente curvado.

O rosto inteiro tinha um encanto extraordinário, maculado apenas por uma mancha irregular da cor de café no centro da testa. A face era um triunfo da arte de embalsamar. Os olhos de Vansittart Smith se arregalaram mais e mais ao fitá-la e sua garganta produziu um som de satisfação.

O efeito causado no egiptólogo por aquela face não era nada, porém, em comparação com o que produziu no estranho funcionário. Ele ergueu as mãos para o alto, explodiu numa profusão dissonante de palavras e então, jogando-se no chão junto à múmia, rodeou-a com os braços e se pôs a beijá-la repetidamente nos lábios e na testa.

– *Ma petite!* – ele gemia, em francês. – *Ma pauvre petite*[65]*!*

Ele tinha a voz entrecortada de emoção, e suas incontáveis rugas tremiam e se contorciam, mas o estudioso observou, à luz da lamparina, que os olhos brilhantes continuavam

---

[64] Os antigos egípcios usavam diversas técnicas para embalsamar e mumificar os mortos; uma delas incluía a colocação de substâncias aromáticas entre as faixas com as quais enrolavam as múmias.
[65] "Minha pequena! Minha pobre pequena!"

secos e sem lágrimas, como duas contas de aço. Por alguns minutos o homem ficou ali, o rosto contraído, murmurando e lamentando-se sobre o belo rosto. Então abriu um súbito sorriso, disse algumas palavras numa língua desconhecida e se pôs de pé com o aspecto vigoroso de quem reuniu energia para algum esforço.

No centro da sala, havia uma grande vitrina circular que continha, como o estudioso muitas vezes observara, uma coleção magnífica de antigos anéis egípcios e pedras preciosas. O homem foi até lá e, destrancando-a, abriu a tampa. Sobre uma borda, colocou a lamparina, pondo a seu lado um pequeno pote de cerâmica que tirara de um bolso. Em seguida, apanhou um punhado de anéis da vitrina e, com expressão muito séria e ansiosa, passou a lambuzá-los com o líquido do potinho, um a um, segurando-os sob a luz ao fazê-lo. Ficou claramente desapontado com o resultado, pois jogou os anéis de volta na vitrina, irritado, e apanhou outros. Dentre estes, apanhou um anel volumoso com um grande cristal engastado e, ansioso, testou-o com o conteúdo do recipiente. Na mesma hora soltou um grito de alegria e abriu os braços num gesto impulsivo, que derrubou o pote e fez o líquido escorrer pelo chão até os pés do inglês.

O funcionário tirou da camisa um lenço vermelho e, tentando limpar o piso, aproximou-se do canto, onde deu de cara com o homem que o espionava.

– Desculpe-me. Tive o infortúnio de adormecer detrás desta porta – disse John Vansittart Smith, com a maior polidez possível.

– E estava me observando? – indagou o outro, em inglês, com uma expressão venenosa no rosto cadavérico.

O estudioso era um homem que prezava a verdade.

– Confesso que observei suas ações e que elas despertaram em mim enorme curiosidade e interesse – disse.

O homem sacou uma faca de lâmina longa e reluzente.

– O senhor escapou por pouco – alertou ele. – Se eu o tivesse visto dez minutos atrás, teria cravado isto em seu coração. E ainda agora, se me tocar ou me perturbar de algum modo, será um homem morto.

– Não desejo perturbar e só estou aqui por acidente. Peço-lhe apenas a imensa gentileza de me levar até alguma saída – disse o estudioso, com muita suavidade.

O homem ainda pressionava a ponta do punhal na palma da mão esquerda, como se verificasse o fio de seu gume, enquanto o rosto mantinha uma expressão maligna.

– Se eu achasse que... – respondeu. – Mas não, talvez seja melhor assim. Como se chama?

O inglês se apresentou.

– Vansittart Smith – repetiu o outro. – É o mesmo Vansittart Smith que leu um ensaio em Londres sobre El Kab? Vi o relato da conferência. Seu conhecimento do assunto é desprezível.

– Senhor! – protestou o egiptólogo.

– No entanto, é superior ao de muitos que têm pretensões ainda maiores. Os fundamentos de nossa antiga vida no Egito não se apoiavam nas inscrições e monumentos aos quais dão tanta atenção, mas sim em nossa filosofia secreta e no conhecimento místico sobre o qual vocês pouco ou nada dizem.

– *Nossa* antiga vida? – repetiu o acadêmico, de olhos arregalados; e então exclamou: – Meu Deus, veja o rosto da múmia!

O estranho homem se virou e lançou luz sobre a mulher morta, soltando um gemido longo e doloroso ao fazê-lo. A ação do ar já desfazia toda a arte do embalsamador. A pele caíra, os olhos tinham afundado, os lábios descoloridos enrugaram expondo os dentes amarelados, e a marca marrom na testa mostrava que aquela era a mesma face que ostentara tanta juventude e beleza poucos minutos antes.

O homem crispou as mãos em pesar e horror. Depois, controlando-se a duras penas, voltou de novo para o inglês seu olhar severo.

– Não importa – disse com voz trêmula. – Realmente não importa. Vim aqui esta noite com a firme decisão de fazer uma coisa; está feita. Todo o resto é menos que nada, cumpri minha missão. A velha maldição foi quebrada e posso me reunir a ela. De que vale a casca inanimada que a abrigou, se seu espírito me aguarda do outro lado do véu?

— São palavras sem sentido – disse Vansittart Smith. Estava cada vez mais convencido de que lidava com um lunático.

— O tempo se esgota, preciso ir – o outro continuou. – Aproxima-se o momento pelo qual esperei tanto. Mas primeiro devo conduzi-lo para fora. Venha comigo.

Pegando a lamparina, ele deixou a sala agora desordenada e rapidamente guiou o estudioso através de uma longa série de salas egípcias, assírias e persas. Ao final, abriu uma portinha e desceu por uma escada de pedra em espiral. O inglês sentiu na face o ar frio e limpo da noite. Diante dele, uma porta parecia levar à rua. À direita, uma outra porta entreaberta deixava escapar um feixe de luz amarela.

— Entre aqui – comandou o funcionário, lacônico.

Vansittart Smith hesitou. Tinha esperanças de haver chegado ao fim de sua aventura. No entanto, a curiosidade dentro dele era intensa. Não podia deixar o assunto sem solução, e assim seguiu seu estranho companheiro para dentro do quarto iluminado.

Era um cômodo pequeno, do tipo que seria usado por um porteiro. O fogo crepitava numa lareira. De um lado havia uma cama baixa; e do outro, uma cadeira rústica de madeira, com uma mesa redonda no meio, sobre a qual estavam os restos de uma refeição. Olhando ao redor, o visitante não pôde deixar de notar que todos os pequenos detalhes do quarto tinham um estilo peculiar e confecção muito antiga. Os candelabros, os vasos sobre a cornija da lareira, os atiçadores, os ornamentos nas paredes, tudo tinha uma associação com um passado remoto. O homem encarquilhado, de olhos pesarosos, sentou-se na beira da cama e ofereceu a cadeira a seu hóspede.

Então relatou o seguinte, num inglês excelente.

Talvez isto tivesse de acontecer. Pode ter sido determinado pelo destino que eu deixasse um relato, um alerta a mortais imprudentes que queiram usar sua inteligência para desafiar as obras da natureza. Deixo ao senhor a decisão de usar como quiser estas revelações. Estou prestes a transpor o limiar para o outro mundo.

Como supôs, sou egípcio. Não um representante dessa raça de escravos oprimidos que agora habitam o delta do Nilo, mas um sobrevivente daquele povo feroz e combativo, que domou os hebreus, expulsou os etíopes de volta aos desertos do sul e construiu as obras grandiosas que, mesmo após gerações, são objeto de inveja e deslumbramento. Foi no reino de Tutmés[66], mil e seiscentos anos antes do nascimento de Cristo, que vi a luz pela primeira vez. O senhor se afasta de mim, temeroso. Espere e verá que deve sentir mais pena do que medo de mim.

Meu nome era Sosra. Meu pai era o supremo sacerdote de Osíris, no grande templo de Abáris, que naquela época situava-se no braço bubástico do Nilo[67]. Fui criado no templo e treinado em todas as artes místicas que são citadas na própria *Bíblia* que vocês respeitam. Era um aluno brilhante. Antes dos dezesseis anos já tinha aprendido tudo que o mais sábio sacerdote podia ensinar. Depois disso estudei sozinho os segredos da natureza e não partilhei com ninguém meus conhecimentos.

De todas as questões que me atraíam, a nenhuma me dediquei tanto quanto àquelas relacionadas à natureza da vida. Investiguei a fundo o princípio vital. O objetivo da medicina era evitar as doenças quando elas apareciam, mas, para mim, o que deveria ser desenvol-

---

[66] Tutmés, ou Tutmósis, foi o nome de quatro faraós egípcios da 18ª dinastia, que governou o Egito de cerca de 1550 a 1292 a.C. (portanto, o personagem se equivoca ao dizer que era esse o nome do faraó quando nasceu, em 1600 a.C.). O mais importante foi Tutmés III, que expandiu muito o domínio egípcio.
[67] Osíris é um deus do antigo Egito, senhor do além-vida. Abáris, mais conhecida como Aváris, era uma antiga cidade. *Braço bubástico*, mais conhecido como braço pelusíaco, é o nome de uma das antigas ramificações do delta do rio Nilo; o nome bubástico vem da cidade de Bubaste, que se situava em sua margem leste e era o centro do culto à deusa Bastet.

vido era um método para fortificar o corpo, impedindo que a fraqueza ou mesmo a morte o possuíssem. É inútil que lhe descreva minhas pesquisas, o senhor pouco compreenderia. Parte dos testes foi feita em animais, parte em escravos e parte em mim mesmo. Basta dizer que como resultado obtive uma substância que, quando injetada no sangue, daria ao corpo a capacidade de resistir aos efeitos do tempo, da violência, das doenças. Ela não conferiria a imortalidade de fato, mas seu efeito duraria vários milhares de anos. Apliquei-a num gato, que depois submeti aos venenos mais mortais. Esse gato ainda hoje vive no Baixo Egito[68]. Não era nada misterioso ou mágico: foi uma simples descoberta química, que pode muito bem acontecer de novo.

O amor à vida é intenso nos jovens. Passei a achar que tinha me libertado de todas as preocupações humanas, agora que abolira a dor e afastara para tão longe a morte. Com o coração leve, inoculei a maldita substância em minhas veias. Então busquei alguém a quem pudesse beneficiar. Havia um jovem sacerdote de Toth[69], de nome Parmes, que ganhara minha confiança por sua natureza sincera e devoção aos estudos. Confiei a ele meu segredo e, a seu pedido, injetei-lhe o elixir. Não seria bom, refleti, ficar sem a companhia de alguém da mesma idade que eu.

Após a grande descoberta, relaxei um pouco meus estudos; mas Parmes continuou os seus com energia redobrada. Todos os dias eu o via laborar com frascos e seu destilador no Templo de Toth, mas ele pouco dizia sobre os resultados de seu trabalho. Quanto a mim, acostumei-me a andar pela cidade e olhar exultante ao redor, refletindo que tudo aquilo estava destinado a de-

---

[68] *Baixo Egito* é o nome pelo qual é conhecido até hoje o extremo norte do Egito, junto ao mar Mediterrâneo. Corresponde ao Delta do Nilo, isto é, ao baixo curso desse rio.
[69] Toth era um importante deus do antigo Egito, representado com a cabeça de um íbis, ave de longo bico curvo para baixo.

saparecer, e só eu permaneceria. As pessoas se curvavam ao cruzarem comigo, pois a fama de meus conhecimentos se espalhara para além do Egito.

Havia uma guerra, então, e o Grande Rei enviara soldados à fronteira leste para combater os hicsos[70]. Um governador foi enviado a Abáris, para assegurar ali o domínio do rei. Eu já ouvira muito sobre a beleza da filha do governador, mas um dia, ao passear com Parmes, nós a encontramos, sendo levada por seus escravos. Fui atingido pelo amor como por um raio. Meu coração fugiu de mim; poderia ter-me atirado sob os pés de seus carregadores. Aquela era minha mulher, viver sem ela seria impossível. Jurei pela cabeça de Hórus[71] que ela seria minha. Jurei diante do sacerdote de Toth; ele se afastou de mim com uma expressão tão sombria como a meia-noite.

Não preciso contar-lhe como a cortejei. Ela passou a me amar tanto quanto eu a amava. Soube que Parmes a vira antes de mim e que também lhe havia confessado seu amor. Mas eu sorria da paixão dele, pois sabia que o coração dela era meu. A peste branca[72] se abateu sobre a cidade e infectou muita gente, mas eu tocava os doentes e cuidava deles sem medo e sem me contaminar; ela se assombrava com essa ousadia. Então contei-lhe meu segredo e implorei que deixasse aplicar nela minha arte.

— Tua flor jamais murchará, Atma — eu lhe disse. — Outras coisas passarão, mas tu e eu, e nosso grande amor um pelo outro, sobreviveremos à tumba do rei Chefru[73].

---

[70] Os hicsos foram um povo da Ásia que invadiu o Egito por volta de 1800 a.C. Conan Doyle não está sendo fiel à história: Aváris foi fundada pelos próprios hicsos em 1700 a.C. e, na época em que Sosra teria vivido (1600 a.C.), era a capital do governo hicso no Baixo Nilo. Os egípcios só expulsaram os hicsos por volta de 1550 a.C., antes, portanto, do reinado do primeiro Tutmés, sob o qual Sosra diz ter vivido.
[71] Hórus é um deus representado com cabeça de falcão, um dos mais antigos do Egito.
[72] *Peste branca* era o nome dado no século XIX à tuberculose, doença infecciosa bacteriana, que ataca os pulmões e pode ser mortal.
[73] *Rei Chefru* pode ser referência ao faraó Khaf-re, ou Quéfren, da quarta dinastia, que construiu a pirâmide de Quéfren, segunda maior do Egito.

Mas ela estava cheia de objeções tímidas, virginais.

– Será correto? – perguntava. – Não será um desafio à vontade dos deuses? Se o grande Osíris desejasse que tivéssemos tantos anos, não teria ele mesmo feito isso?

Aplaquei sua dúvida com palavras carinhosas e amorosas, mas ela ainda hesitava. Era uma questão grande demais, dizia. Pensaria naquilo por mais uma noite; pela manhã eu saberia sua decisão. Certamente não era demais pedir apenas uma noite. Ela desejava rezar a Ísis[74] para ajudá-la a se decidir.

Sentindo o coração pesado e uma premonição maligna, deixei-a com suas aias. Pela manhã, após os sacrifícios matinais, fui apressado até sua casa. Uma escrava assustada veio a meu encontro nas escadarias; sua senhora estava doente, disse, muito doente. Em frenesi, abri caminho entre os servos e corri pelas salas e corredores até o quarto de minha Atma. Ela jazia no leito, a cabeça sobre uma almofada, com rosto pálido e olhos vidrados. Eu conhecia de longa data aqueles sinais diabólicos. Era a marca da praga branca, a assinatura da morte.

Por que falar dessa época terrível? Por meses estive louco, febril, delirante e, mesmo assim, não podia morrer. Árabe algum jamais ansiou tanto por um poço de água doce como eu ansiei pela morte. Pudesse o veneno ou o aço encurtar minha existência, eu depressa teria me reunido a minha amada na terra da porta estreita[75]. Tentei, mas em vão. Eu estava dominado por aquela influência maldita. Uma noite, eu estava fraco e exausto no leito quando Parmes, o sacerdote de Toth, veio a meu quarto. Postou-se no

---

[74] *Ísis* era uma deusa do antigo Egito, venerada como a mãe e esposa ideal.
[75] Esta é uma citação bíblica: o caminho para a salvação passaria por uma "porta estreita", que poucas pessoas poderiam cruzar (Evangelho de São Lucas, 13: 24).

círculo de luz do candeeiro e me fitou com olhos brilhando de alegria insana.

– Por que deixou a donzela morrer? – indagou. – Por que não a fortaleceu como fez a mim?

– Cheguei tarde demais – respondi. – Mas eu tinha esquecido que você também a amava. É meu companheiro de infortúnio. Não é terrível pensar nos séculos que devem passar até que a reencontremos? Fomos tolos em transformar a morte numa inimiga.

– Fale por você – ele bradou, com um riso selvagem. – Essas palavras são apropriadas a seus lábios; para mim elas não fazem sentido.

– Que quer dizer? – gritei, erguendo-me sobre os cotovelos. – Com certeza, amigo, o sofrimento afetou seu cérebro.

Sua face se iluminava de alegria, e ele se contorcia e tremia como se estivesse possuído.

– Sabe aonde vou? – ele perguntou.

– Não, não sei – respondi.

– Vou até ela. Atma jaz embalsamada na tumba mais distante, aquela junto às palmeiras gêmeas, fora dos muros da cidade.

– Por que vai até lá? – indaguei.

– Para morrer! – guinchou ele. – Morrer! Não estou preso às amarras terrenas.

– Mas o elixir está em seu sangue! – gritei.

– Posso derrotá-lo – ele declarou. – Descobri um princípio mais forte que o destruirá. Está em ação nas minhas veias neste momento, e em uma hora serei um homem morto. Vou reunir-me a ela, e você ficará para trás.

Ao fitá-lo, vi que falava a verdade. A luz em seus olhos dizia que estava de fato sob o poder do elixir.

– Vai me ensinar! – bradei.

– Nunca! – foi a resposta.

— Eu lhe imploro, pela sabedoria de Toth, pela majestade de Anúbis!

— É inútil – disse ele friamente.

— Então descobrirei! – exclamei.

— Não conseguirá, pois eu o desenvolvi por acaso – ele retrucou. – Há um ingrediente que jamais obterá. Nem uma gota mais será fabricada além do que está no anel de Toth.

— No anel de Toth! – repeti. – E onde está esse anel?

— Isso também você jamais saberá – foi a resposta. – Ganhou o amor dela, mas no final quem venceu? Deixo-o com sua vida sórdida. Minhas correntes se partiram. Devo ir!

Ele me deu as costas e deixou o quarto. Pela manhã veio a notícia de que o sacerdote de Toth estava morto.

Depois disso, meus dias foram dedicados aos estudos. Eu precisava encontrar aquele raro veneno que era forte o bastante para combater o elixir. Desde o amanhecer até a meia-noite, eu me debruçava sobre os tubos de ensaio e a fornalha. Esforcei-me para recolher todos os papiros e os frascos com as substâncias químicas do sacerdote de Toth, mas, ai, quão pouco me valeu esse material.

Aqui e ali, uma insinuação ou expressão fortuita fazia a esperança aumentar em meu peito, mas nunca revelava nada. Mesmo assim, mês após mês batalhei. Quando meu coração desanimava, eu ia até a tumba junto às palmeiras. Lá, em pé diante da casca morta de onde a joia fora roubada, eu sentia sua doce presença e sussurrava-lhe que me reuniria a ela, se fosse possível à astúcia humana solucionar o enigma.

Parmes dissera que sua descoberta tinha ligação com o anel de Toth. Eu me lembrava vagamente dessa joia. Era um anel grande e pesado, feito não

de ouro, mas de um metal mais raro e mais denso trazido das minas do Monte Harbal. Platina, vocês o denominam. O anel tinha, eu recordava, um cristal oco engastado, no qual algumas gotas de líquido podiam ser guardadas. Pois bem, o segredo de Parmes não podia estar relacionado só ao metal, pois havia no templo muitos anéis do mesmo material. Não seria mais plausível que tivesse depositado sua preciosa poção na cavidade do cristal? Mal cheguei a tal conclusão quando encontrei, entre seus papéis, um que confirmou ser aquele de fato o caso, restando ainda um pouco do líquido que não fora usado.

Mas como encontrar o anel? Não estava no corpo quando este foi despido para o embalsamamento; disso me assegurei. Tampouco estava entre seus pertences pessoais. Vasculhei sem sucesso cada sala em que ele estivera, cada caixa ou vaso que possuíra. Cheguei a peneirar a areia do deserto nos locais em que poderia ter andado; mas a despeito de tudo que fiz, não encontrei qualquer traço do anel de Toth. Ainda assim, talvez meus esforços tivessem conseguido superar todos os obstáculos, não fosse um novo e inesperado infortúnio.

Travou-se uma grande guerra contra os hicsos, e os capitães do Grande Rei foram derrotados no deserto, com todos os seus arqueiros e cavaleiros. As tribos nômades caíram sobre nós como gafanhotos num ano seco. Das terras selvagens de Sur[76] até o lago grande e amargo[77], havia sangue de dia e fogo à noite. Abáris era o baluarte do Egito, mas não podia segurar os selvagens. A cidade caiu. O governador e os soldados foram passados a fio de espada, e eu, com muitos outros, fui escravizado.

---

[76] A região de Sur localiza-se, segundo a *Bíblia*, na península do Sinai, no leste do Egito.
[77] O mar Morto, entre Jordânia e Israel.

Por anos e anos, cuidei do gado nas grandes planícies junto ao Eufrates[78]. Meu amo morreu, seu filho envelheceu, mas eu continuava tão distante da morte como sempre. Afinal, escapei sobre um camelo ligeiro e retornei ao Egito. Os hicsos haviam-se estabelecido na terra conquistada, e seu próprio rei governava o país. Abáris fora derrubada, a cidade incendiada, e do grande templo nada restou senão escombros disformes[79]. Por toda parte as tumbas tinham sido saqueadas e os monumentos destruídos. Não havia o menor sinal do túmulo de minha Atma. Fora soterrado pelas areias do deserto, e as palmeiras que o assinalavam tinham desaparecido fazia muito. Os papéis de Parmes e os restos do templo de Toth estavam destruídos ou foram espalhados por todo o deserto da Síria[80]. Qualquer procura por eles seria vã.

A partir de então perdi toda a esperança de encontrar o anel ou descobrir a droga misteriosa. Decidi viver com a maior paciência possível até o efeito do elixir terminar. Como poderiam vocês, que conhecem somente o limitado caminho entre o berço e o túmulo, compreender que terrível é o tempo? Aprendi isso à minha custa, eu que tenho flutuado por todo o rio da história. Já era velho quando Ilium[81] caiu. Era muito velho quando Heródoto[82] veio a Mênfis. Estava carregado de anos quando o novo Evangelho desceu à terra. E mesmo assim ainda pareço com os outros homens; o amaldiçoado elixir ainda tempera meu sangue e me

---

[78] O rio Eufrates situa-se no Oriente Médio e, juntamente com o rio Tigre, delimita a região da Mesopotâmia, considerada como o local onde nasceu a civilização humana.

[79] Como já foi dito na nota 69, Conan Doyle não se utiliza da história verídica do Egito. Os hicsos construíram Aváris, e foram os egípcios que a destruíram.

[80] Na verdade, a Síria está muito distante do Baixo Egito (cerca de seiscentos quilômetros).

[81] *Ilium*, ou Ílio, é outro nome da cidade de Troia, que teria sido destruída pelos gregos, segundo a *Ilíada* de Homero.

[82] Heródoto, chamado de "Pai da História", foi um geógrafo e historiador do século V a.C.

resguarda daquilo que eu desejaria. Mas agora consegui e cheguei ao fim de tudo!

Viajei por todas as terras e habitei inúmeros países. Todas as línguas são iguais para mim. Aprendi-as para ajudar a passar o tempo interminável. Não preciso contar-lhe como foi lenta, para mim, a passagem do longo amanhecer da civilização moderna, a lúgubre Idade Média, os tempos obscuros da barbárie. Tudo isso ficou para trás agora. Jamais olhei com amor para outra mulher; Atma sabe que fui fiel a ela.

Acostumei-me a ler tudo que os acadêmicos tinham a dizer sobre o antigo Egito. Ocupei muitas posições na vida, às vezes fui rico, às vezes pobre, mas sempre tive o suficiente para poder comprar as publicações que tratam do tema. Há uns nove meses eu estava em San Francisco, quando li um relato sobre algumas descobertas feitas nas vizinhanças de Abáris. Meu coração quase saiu pela boca ao ler aquilo.

O texto dizia que um explorador havia vasculhado algumas tumbas recém-desenterradas. Em uma delas encontrou uma múmia selada, e a inscrição no sarcófago externo informava que ele continha o corpo da filha do governador da cidade nos dias de Tutmés. E acrescentava que a remoção do sarcófago exterior expusera um grande anel de platina com um cristal engastado, que fora depositado sobre o peito da mulher embalsamada. Era ali, então, que Parmes escondera o anel de Toth! Ele podia de fato ter certeza de que estava a salvo, pois egípcio algum mancharia sua alma abrindo o sarcófago de um amigo enterrado.

Naquela mesma noite, parti de San Francisco e em poucas semanas encontrei-me de novo em Abáris, se é que alguns montes de areia e restos de paredes podem ainda receber o nome da grande cidade. Fui direto até os franceses que trabalhavam na escavação e lhes perguntei sobre o anel. Responderam que o anel e a múmia tinham sido enviados ao Museu Boulak, no Cairo[83]. Para lá me dirigi, apenas para descobrir que Mariette Bey[84] os havia confiscado e embarcado para o Louvre. Vim atrás deles e, depois de quase quatro mil anos, por fim encontrei os restos mortais de minha Atma e o anel que busquei por tanto tempo.

Mas como apropriar-me deles? Como tomá-los para mim? Aconteceu que havia vaga para um funcionário. Procurei o diretor e convenci-o de que sabia muito sobre o Egito. Mas estava tão ansioso que falei mais do que devia, e ele comentou que uma cátedra de professor seria mais adequada para mim que um assento na portaria. Disse que eu sabia mais que ele mesmo! Tive de bancar o tolo e fazê-lo pensar que tinha superestimado meus conhecimentos e, só assim, o convenci a deixar que me mudasse para este quarto, com meus poucos pertences. É a primeira e última noite que passo aqui.

Essa é minha história, senhor Vansittart Smith. Não preciso dizer mais nada a um homem com sua clareza de percepção. Por um estranho acaso, o senhor viu, esta noite, o rosto da mulher que amei naqueles dias distantes. Havia muitos anéis com cristais na vitrina, e tive de testar a platina para ter certeza de qual deles era o que desejava. Um olhar ao cristal me mostrou que o líquido está mesmo ali e que afinal serei capaz de me livrar desta saúde amaldiçoada que para mim tem sido pior que a doença mais cruel. Nada mais tenho a dizer. Aliviei-me de meu fardo! O senhor pode contar minha

---

[83] A cidade do Cairo é a capital do Egito desde o ano de 969.
[84] Auguste Mariette (1821-1881), arqueólogo francês que viveu no Cairo, fundou o Museu Boulak, cujo acervo deu origem ao Museu Egípcio, e fez importantes escavações arqueológicas. Recebeu o título de *bey*, equivalente ao de *Sir* na Inglaterra.

história ou ocultá-la, como preferir. A escolha é sua. Devo-lhe uma compensação, pois esta noite escapou por pouco da morte. Eu era um homem desesperado e não seria desviado de meu propósito. Se o tivesse visto antes de fazer o que queria, eu podia tê-lo atacado para que não tentasse me impedir ou desse o alarme. Ali está a porta que leva à rua de Rivoli. Boa noite.

O inglês olhou para trás. Por um instante, viu a esguia figura de Sosra, o egípcio, emoldurada pela abertura estreita. Em seguida a porta se fechou e o ruído pesado de uma tranca cortou a noite silenciosa.

Foi na segunda noite depois de voltar a Londres que o sr. John Vansittart Smith viu no jornal *The Times*[85] a seguinte nota curta do correspondente em Paris:

"*Curiosa ocorrência no Louvre*. Ontem pela manhã, foi feita uma estranha descoberta na principal sala Oriental. Os funcionários encarregados da limpeza matinal das salas encontraram um dos atendentes morto, no chão, envolvendo com os braços uma das múmias. Ele a apertava com tanta força que foi muito difícil separá-los. Uma das vitrinas, que continha anéis valiosos, tinha sido aberta e saqueada. As autoridades acreditam que o homem tentou roubar a múmia com o intuito de vendê-la a um colecionador particular, mas que foi fulminado no ato por uma doença preexistente do coração. Foi informado que era um homem de idade indeterminada e hábitos excêntricos, sem parentes vivos que pudessem lamentar seu fim, tão inesperado e dramático."

---

[85] O *The Times* é um famoso jornal inglês, publicado desde 1785.

LIGEIA

Edgar Allan Poe

> E É ALI QUE RESIDE A VONTADE, ELA QUE É IMORREDOURA. QUEM PODERÁ SABER QUAIS OS MISTÉRIOS DA VONTADE, EM TODO SEU VIGOR? POIS QUE DEUS NÃO É SENÃO UMA GRANDE VONTADE QUE PERMEIA TODAS AS COISAS PELA NATUREZA DE SEU PROPÓSITO. O HOMEM NÃO SE ENTREGA AOS ANJOS, OU À MORTE INEVITÁVEL, A NÃO SER PELA FRAQUEZA DE SUA DÉBIL VONTADE.
>
> JOSEPH GLANVILL[86]

---

[86] Poe atribui o texto ao clérigo e escritor inglês Joseph Glanvill (1636-1680), mas os especialistas acreditam que foi escrito pelo próprio Poe.

Juro por minha alma que não consigo me lembrar como, quando e nem exatamente onde conheci *Lady* Ligeia[87]. Longos anos se passaram desde então, e minha memória enfraqueceu depois de tanto sofrimento. Ou talvez eu apenas não possa recordar *agora* esses detalhes, porque na verdade o caráter de minha amada, sua rara erudição, seu tipo de beleza peculiar, porém plácido, e a emocionante e cativante eloquência de sua fala mansa e musical, abriram caminho em meu coração com passos tão firmes e insidiosos que os demais fatos passaram despercebidos e ignorados.

No entanto, creio que a conheci e passei a encontrar com frequência em alguma cidade grande, antiga e decadente ao longo do Reno[88]. Quanto a sua família... Com certeza ela me contou alguma coisa, e sem dúvida provém de um passado remoto, ancestral.

Ligeia! Ligeia! Mergulhado em estudos que se destinam, sobretudo, a amortecer a percepção do mundo exterior, é por meio dessa doce palavra – Ligeia – que trago diante de meus olhos, em fantasia, a imagem dela, que já não existe.

E agora, enquanto escrevo, tenho a súbita compreensão de que nunca soube o sobrenome daquela que foi amiga e prometida, e que se tornou companheira de estudos e por fim minha amada esposa. Teria sido uma travessura da parte de minha Ligeia? Ou seria um teste da intensidade de minha afeição que eu não a questionasse sobre esse assunto? Talvez fosse até um capricho de mim mesmo – uma louca oferenda romântica sobre o altar da mais apaixonada devoção?

Mal posso recordar o fato em si, e não é surpresa alguma que tenha esquecido por completo as circunstâncias que o originaram e que o cercaram. E, inclusive, se algum dia aquele espírito chamado Romance, se algum dia a pálida Astofé[89] de asas

---

[87] Na mitologia grega, Ligeia era uma sereia. As sereias, seres meio mulheres e meio aves, de voz maravilhosa, atraíam com seu canto os marinheiros que navegavam ao largo da ilhota que habitavam, mantendo-os enfeitiçados até que morressem.
[88] O rio Reno é um dos mais longos e importantes rios da Europa, banhando Suíça, Alemanha, França e Holanda.
[89] Astofé (no original, *Ashtophet*), a entidade citada por Poe, não existe. Pode ser uma referência à deusa conhecida como Astarte (em fenício, egípcio e grego), Astorete (em hebreu) ou Ishtar (em sumério) e ligada à fertilidade e à sexualidade, que foi venerada na Europa desde a Pré-História até a Antiguidade.

enevoadas conduziu, como dizem, os casamentos malsucedidos, então com toda certeza ela conduziu o meu.

Em um aspecto muito importante, porém, a memória não me falha. É a pessoa de Ligeia. Era alta em estatura, um pouco magra e, em seus últimos dias, bastante emaciada[90]. Por mais que eu tentasse, não conseguiria retratar a imponência e a graça fácil de seus gestos, ou a leveza incompreensível, a elasticidade de seus passos. Ela ia e vinha como uma sombra. Eu nunca percebia sua entrada em meu estúdio fechado, a não ser pela deliciosa sonoridade de sua voz doce e suave, quando ela pousava a mão delicada em meu ombro. Quanto à beleza do rosto, mulher alguma jamais se igualou a ela. Era radiante como um sonho induzido pelo ópio[91]. Uma visão etérea, capaz de elevar o espírito e muito mais divina que as fantasias que pairavam sobre as almas desfalecidas das filhas de Delos[92].

E, no entanto, suas feições não seguiam o padrão regular que, falsamente, nos ensinaram a apreciar nas clássicas obras gregas. Diz Bacon, Lorde Verulam[93], ao referir-se a todas as formas e gêneros de beleza: "Não há beleza incomum que não mostre alguma *estranheza* nas proporções".

Embora eu pudesse ver que as feições de Ligeia não tinham a tal regularidade clássica, mesmo percebendo que seu encanto era de fato raro e sentindo que muita estranheza existia nele, tentei em vão detectar a irregularidade e determinar o que me parecia estranho.

Eu examinava o contorno de sua fronte altiva e pálida, sem qualquer defeito – e quão frias soam estas palavras quan-

---

[90] Magra demais e com a aparência acabada e doentia.
[91] O ópio é uma droga que na época de Poe era muito utilizada como medicamento tranquilizante.
[92] Delos é uma ilha da Grécia. Pelo sentido da frase, porém, Poe parece referir-se ao oráculo de Delfos, templo da Grécia antiga onde as sacerdotisas (as *pitonisas*) caíam num transe, durante o qual se dizia que ouviam o deus Apolo falar. Poe pode estar se referindo a elas como "filhas de Del(f)os"; a expressão "almas desfalecidas" seria referência ao estado de transe, e as "fantasias" seriam as hipotéticas comunicações com o deus.
[93] Francis Bacon (1561-1626), barão de Verulam, foi um importante filósofo e cientista inglês.

do aplicadas a uma majestade tão divina! A pele que rivalizava com o mais puro marfim, sua postura imponente e tranquila, a suave proeminência das regiões sobre as têmporas, e seus cabelos negros, lustrosos e exuberantes, encaracolados por natureza e exemplificando de forma plena o epíteto usado por Homero: "hiacintino!"[94].

Observava o perfil delicado de seu nariz e, em lugar algum, a não ser nos graciosos medalhões hebreus, vi tanta perfeição: a mesma superfície perfeitamente lisa, a mesma tendência quase imperceptível para o aquilino, as mesmas narinas de curvatura harmoniosa, que indicavam um espírito livre.

Eu olhava sua doce boca, um triunfo das coisas celestiais: a magnífica curva do curto lábio superior; o suave e voluptuoso lábio inferior; as covinhas que brincavam e a cor que falava; os dentes que luziam, com brilho quase incomum, a cada raio da luz bendita que sobre eles incidia durante o sorriso sereno e plácido, o mais radiante dos sorrisos. Eu analisava a conformação do queixo, e ali também achava a suavidade de formas, a maciez e a altivez, a completude e a espiritualidade características da arte grega – o contorno que o deus Apolo revelou, em sonho, a Cleômenes[95]. E então eu fitava os grandes olhos de Ligeia.

Para os olhos não há modelos na antiguidade remota. Pode ser, ainda, que nos olhos de minha amada estivesse o segredo ao qual Lorde Verulam se refere. Eles eram, devo crer, muito maiores que os olhos normais de nossa espécie, maiores até que os grandes olhos de gazela da tribo do vale de Nourjahad[96].

---

[94] *Epíteto* é um termo usado para caracterizar uma pessoa ou coisa, como um adjetivo. Homero foi um grande poeta grego que viveu no século VIII antes de Cristo; em seu famoso poema épico *Odisseia*, ele usa o termo *hiacintino*, isto é, "como o jacinto" (uma flor) para descrever cabelos cacheados e bem cuidados.

[95] O grego Cleômenes teria esculpido, no século I depois de Cristo, a estátua conhecida como Vênus de Médici, que representa Afrodite, a deusa do amor; não se sabe, porém, se esse artista existiu de verdade. O sonho enviado por Apolo parece ter sido uma invenção de Poe.

[96] Poe faz referência ao romance *The History of Nourjahad* ("A história de Nourjahad"), da escritora irlandesa Frances Sheridan (1724-1766). No livro, Nourjahad é um homem influente no governo da Pérsia, e tem um harém de mulheres belíssimas.

Mas apenas em momentos de intensa agitação esta peculiaridade de Ligeia era mais perceptível. E era nesses momentos (ou talvez assim parecesse à minha imaginação inflamada) que sua beleza era aquela de seres que estão acima ou além deste mundo, a beleza das fabulosas huris da Turquia[97]. Seus olhos eram do negro mais intenso e, por sobre eles, pendiam cílios escuros e longos. As sobrancelhas, de contorno um tanto irregular, eram do mesmo tom.

Entretanto, a "estranheza" que eu encontrava naqueles olhos não residia na forma, cor ou brilho das feições e só poderia, afinal, ser devida a sua *expressão*. Ah, palavra sem sentido! Por trás da vastidão desse simples som vazio escondemos nossa ignorância sobre tudo que é espiritual.

A expressão dos olhos de Ligeia! Como tenho ponderado sobre ela, por horas a fio! Quanto tenho me esforçado, nas noites de verão, para compreendê-la! Que era aquilo, aquele *algo* mais profundo que o poço de Demócrito[98], que jazia nas profundezas das pupilas de minha amada? O que *era*? Eu estava obcecado por descobrir. Aqueles olhos! Aquelas grandes, brilhantes, divinas órbitas! Para mim se tornaram as estrelas gêmeas de Leda[99], e eu era para elas o mais devoto dos astrólogos[100].

Entre as muitas anomalias incompreensíveis da ciência da mente, nada é mais intrigante do que o fato, creio que nunca percebido pelos estudiosos, de que, nas tentativas de recordarmos algo há muito esquecido, sempre estamos *a um passo* da

---

[97] As *huris*, segundo o islamismo, são mulheres eternamente jovens, virgens e belas, com quem os seguidores fiéis se casarão, após a morte, no paraíso; uma de suas características são os olhos adoráveis e belos.

[98] Demócrito foi um filósofo grego que viveu por volta do século IV antes de Cristo, mais conhecido por ter proposto a teoria atômica, segundo a qual tudo se compõe por partículas infinitamente pequenas e indivisíveis, os átomos. A expressão "o poço de Demócrito" refere-se à afirmação do filósofo de que "não sabemos nada sobre a realidade, pois a verdade jaz em um abismo".

[99] Referência às duas estrelas mais brilhantes da constelação de Gêmeos, denominadas Castor e Pólux. Na mitologia grega, assim se chamavam os filhos gêmeos da humana Leda. Castor era o filho de um humano, Pólux era filho de Zeus, deus supremo do Olimpo.

[100] Quem estuda as estrelas, na verdade, são os cientistas chamados astrônomos. Os astrólogos praticam a arte da adivinhação chamada astrologia, que não é considerada ciência.

lembrança, sem sermos capazes, afinal, de recordar. Dessa forma, em minha intensa análise dos olhos de Ligeia, com frequência sentia-me próximo de decifrar por completo o segredo de sua expressão. Sentia a compreensão aproximar-se, sem contudo ser minha de todo, e então afastar-se.

E, o mistério mais estranho de todos, encontrei nos objetos mais comuns do universo, um círculo de analogias com aquela expressão.

Devo dizer que, depois de a beleza de Ligeia impregnar meu espírito, ocupando-o como se fosse um santuário, diversos elementos do mundo material passaram a inspirar-me um sentimento similar ao causado por seus olhos grandes e luminosos. Eu não conseguia definir tal sentimento, analisá-lo ou mesmo vê-lo com clareza. Reconhecia-o, repito, às vezes numa gavinha de crescimento rápido, ou contemplando uma mariposa, uma borboleta, uma crisálida, um regato. Senti-o no oceano, na queda de um meteoro. No olhar de pessoas de idade muito avançada. E percebi esse sentimento na observação, por telescópio, de uma ou duas estrelas no céu; uma em especial, uma cambiante estrela dupla de sexta grandeza, situada junto à maior estrela da Lira[101]. Ele me inundou por meio de certos sons de instrumentos de corda e, não poucas vezes, por trechos de livros.

Entre muitos outros casos, lembro-me bem de um trecho escrito por Joseph Glanvill, que sempre me inspirou aquele sentimento, talvez unicamente por sua esquisitice: "E é ali que reside a vontade, ela que é imorredoura. Quem poderá saber quais os mistérios da vontade, em todo seu vigor? Pois que Deus não é senão uma grande vontade que permeia todas as coisas pela natureza de seu propósito. O Homem não se entrega aos anjos, ou à morte inevitável, a não ser pela fraqueza de sua débil vontade".

---
[101] A estrela mais brilhante da constelação de Lira é Vega, a segunda em brilho no hemisfério norte. Uma estrela dupla, ou *estrela binária*, é um sistema formado por duas estrelas que orbitam ao redor de um mesmo centro.

A passagem dos anos e as reflexões que se seguiram me permitiram traçar uma tênue conexão entre estas palavras do antigo filósofo inglês e parte da personalidade de Ligeia. Sua intensidade de pensamento, atos e modo de falar talvez resultasse de uma enorme força de vontade que, em nossa relação só se manifestou desta forma.

Das mulheres que conheci, ela, por fora tão calma, a sempre tranquila Ligeia, era a mais vulnerável aos inquietos abutres da paixão inclemente. E eu não tinha como detectar tal paixão, a não ser pela miraculosa expansão daqueles olhos que me encantavam e assustavam e pela melodia quase mágica, pela modulação, clareza e placidez de sua voz suave – assim como pela energia intensa de suas palavras, ainda mais evidente pelo contraste com sua forma de se expressar.

Já mencionei a erudição de Ligeia; era imensa, como nunca vi em outra mulher. Ela dominava as línguas clássicas[102] e, até onde meu conhecimento sobre os dialetos europeus modernos me permite julgar, nunca a peguei em erro. Na verdade, nunca peguei Ligeia em erro em nenhum dos temas mais admirados e obscuros que compõem a orgulhosa erudição acadêmica. Como é peculiar e emocionante que tal aspecto da natureza de minha esposa só agora me chame a atenção! Afirmei jamais ter encontrado outra mulher com tanto conhecimento. Mas haverá algum homem que, assim como ela, tenha dominado *todos* os vastos campos da ciência moral, natural e matemática?

Na época eu não percebia o que agora me parece muito claro: que a cultura de Ligeia era gigantesca, assombrosa. Mas estava bem ciente de sua infinita superioridade e resignava-me, confiante como uma criança, a deixar que me guiasse através do mundo caótico da investigação metafísica[103], com o qual muito me ocupei nos primeiros anos de nosso casamento.

Durante os estudos de temas tão desconhecidos, enquanto ela se debruçava sobre mim, que imenso triunfo, que vívida delí-

---

[102] As línguas clássicas são o grego antigo e o latim.

[103] A metafísica é um ramo da filosofia que analisa as bases da existência de todas as coisas.

cia, que vasta e etérea esperança eu *sentia* ao contemplar o delicioso panorama que se abria lentamente diante de mim, através do qual eu percorreria um caminho longo e deslumbrante, completamente inexplorado, para por fim atingir o destino – uma sabedoria que era preciosa demais para permanecer proibida!

Assim, como não terá sido terrível o pesar com que, após alguns anos, contemplei minhas expectativas tão bem estabelecidas baterem as asas e voarem para longe! Sem Ligeia eu nada mais era que uma criança tateando na escuridão. Sua presença e sua mera leitura iluminavam de forma vívida os inúmeros mistérios do transcendentalismo[104] nos quais estávamos imersos. Sem o brilho radiante de seus olhos, as letras refulgentes e douradas tornavam-se mais foscas que o chumbo.

Agora aqueles olhos brilhavam menos e menos sobre as páginas que eu estudava. Ligeia adoeceu. Seu olhar tão intenso reluzia com uma resplandecência por demais gloriosa. Os dedos pálidos adquiriram a mesma lividez transparente da morte, e as veias azuis em sua nobre testa congestionavam-se ou desapareciam de súbito, seguindo as marés das mais tênues emoções. Vi que ela morreria e, em espírito, lutei, desesperado, com o sombrio Azrael[105].

E, para meu assombro, os esforços de minha apaixonada esposa foram ainda mais enérgicos que os meus. Muitos aspectos de sua natureza austera me fizeram crer que, para ela, a morte viria sem terrores – mas não foi assim.

As palavras não têm força suficiente para dar ideia da resistência feroz com que ela combateu o Fim. Eu gemia de angústia diante daquele espetáculo lastimável. Eu a teria acalmado, teria tentado argumentar, mas na intensidade de seu desejo insano pela vida – pela vida, *apenas* pela vida – tanto o consolo quanto a razão soariam como uma rematada tolice.

---

[104] O transcendentalismo, movimento filosófico que existiu no leste dos Estados Unidos em meados do século XIX, acreditava na bondade natural do ser humano e da natureza.
[105] Azrael (em árabe, "aquele que ajuda Deus") é o Anjo da Morte em algumas tradições religiosas, como judaísmo e islamismo. Sua missão seria receber a alma dos mortos e conduzi-las ao julgamento.

Ainda assim, mesmo durante as mais agitadas convulsões de seu espírito indomável, nem por um instante sua placidez exterior foi abalada. A voz suavizou-se, tornou-se ainda mais baixa, e, no entanto, prefiro não falar sobre o significado insano das palavras murmuradas. Meus pensamentos rodopiavam enquanto eu ouvia, arrebatado, uma melodia sobre-humana, suposições e aspirações que a mortalidade jamais conheceu.

Eu não teria motivos para duvidar que ela me amava; e teria sido fácil deduzir que, num coração como o dela, o amor não teria gerado uma paixão comum. Mas foi apenas na morte que percebi toda a força de seu afeto. Por muitas horas, segurando-me a mão, diante de mim ela permitiu que seu coração transbordasse, numa devoção apaixonada que beirava a idolatria.

Que fizera eu para merecer a bênção de semelhantes confissões? Que fizera para merecer tal punição, a partida de minha amada no momento em que ela se revelava?

Mas não suporto alongar-me sobre esse assunto. Digo apenas que, na forma tão feminina como Ligeia se entregou ao amor – ai, tão imerecido por mim, tão mal empregado –, reconheci por fim a natureza de sua ânsia premente, o desejo pela vida, que agora se esvaía tão depressa. É esse anseio irrefreável, esse veemente apego pela vida, que não tenho o poder de retratar e não consigo expressar em palavras. Parece-me estar de novo contemplando o terrível embate de sua natureza altiva com o poder e o terror, e a força do grande fim.

Ela pereceu. Até um gigante sucumbe ao poder maior. E, fitando seu corpo, eu pensava na estranha citação de Joseph Glanvill: "E é ali que reside a vontade, ela que é imorredoura. Quem poderá saber quais os mistérios da vontade, em todo seu vigor? Pois que Deus não é senão uma grande vontade que permeia todas as coisas pela natureza de seu propósito. O homem não se entrega aos anjos, ou à morte inevitável, a não ser pela fraqueza de sua débil vontade".

Ela morreu. E eu, aniquilado por tanta tristeza, não pude mais suportar a desolada solidão de minha casa na cidade escura e decadente junto ao Reno. Não me faltava aquilo que o mundo chama riqueza; Ligeia me dera mais, muito mais, do que em geral é dado aos mortais.

Assim, depois de alguns meses de um fatigante vagar sem rumo, comprei e mandei reformar uma abadia[106] cujo nome não mencionarei, em uma das partes mais ermas e menos povoadas da bela Inglaterra. O edifício imponente, sombrio e lúgubre, o aspecto quase selvagem da propriedade, as muitas recordações melancólicas e respeitáveis que ambos evocavam, tudo tinha muita coisa em comum com os sentimentos de completo abandono que me fizeram buscar aquela região remota e desabitada.

Alterei pouco o exterior da abadia, cercado de uma decadência verdejante, mas com certa perversidade infantil, e, quem sabe com alguma esperança de aliviar as mágoas, permiti-me exibir, no interior, uma exuberância mais do que régia. Quando criança, eu adquirira gosto por tais tolices e agora ele voltava à tona, como um capricho decorrente da tristeza.

Mas, oh, quantos indícios de uma loucura incipiente poderiam ser achados nos belos e fantásticos cortinados, nos solenes entalhes egípcios, nas cornijas e mobiliário, nos desenhos estranhos dos tapetes entretecidos com ouro! Eu me tornara um escravo, preso às algemas do ópio, e com isso meus trabalhos e encomendas tomaram a coloração dos meus sonhos. Mas não devo demorar-me detalhando tais absurdos. Deixem-me descrever apenas aquele aposento, para sempre amaldiçoado, ao qual num momento de alienação mental conduzi, como minha esposa e sucessora da inesquecível Ligeia, a loura dama de olhos azuis *Lady* Rowena Trevanion, da família Tremaine.

Cada detalhe da arquitetura e decoração daquela câmara nupcial ainda está bem visível para mim. Onde estariam as almas da altiva família da noiva, quando, com sua sede por ouro, permitiram que uma donzela, uma filha tão amada, cruzasse o umbral

---

[106] Um mosteiro ou convento da Igreja católica, que às vezes deixam de ser utilizados pelos religiosos e passam a ter outras finalidades, por exemplo como residências ou edifícios públicos.

de um cômodo com semelhante ornamentação? Como eu disse, recordo em minúcias os detalhes da câmara; infelizmente, porém, esqueço-me dos pontos de maior importância.

O grande aposento ficava na torre da abadia acastelada e tinha forma pentagonal. A única janela, uma imensa lâmina inteiriça de vidro de Veneza, ocupava toda a face sul do pentágono – uma só vidraça da cor do chumbo, de modo que tanto os raios do sol quanto os da lua, ao atravessá-la, lançavam uma luz doentia sobre os objetos no interior.

O alto da imensa janela estava revestido pelo emaranhado de uma antiga videira, que subia pelas espessas paredes da torre. O teto de carvalho, de aspecto sombrio, era alto demais, formando uma abóbada profusamente decorada com os mais loucos e grotescos elementos de uma combinação meio gótica, meio druídica[107]. Do ponto mais alto, no centro dessa melancólica abóbada, pendia uma corrente de ouro, sustentando um enorme incensário do mesmo metal. De estilo sarraceno[108], seus muitos orifícios dispunham-se de modo a emitir uma sucessão contínua de fogos multicoloridos, que se retorciam como se animados por uma vitalidade serpentina. Aqui e ali havia divãs e candelabros dourados de inspiração oriental. E também havia o leito, o leito conjugal, de estilo indiano, baixo e entalhado em ébano maciço, com um dossel por cima.

Em cada ângulo da câmara, erguia-se de pé um gigantesco sarcófago de granito negro, trazidos dos túmulos dos reis de Luxor[109], com tampas ancestrais repletas de esculturas imemoriais.

Eram as paredes, porém, que exibiam a maior de todas as extravagâncias. Imponentes, de altura desproporcional de tão gigantesca, estavam revestidas de cima a baixo pelas amplas dobras de tapeçarias pesadas e de aspecto maciço, feitas do mais rico

---

[107] A arquitetura *gótica*, típica da Idade Média, inclui muitos arcos, abóbadas, ogivas e colunas. Bem menos conhecida é a arquitetura *druídica*, que usa elementos da religião dos druidas, que existiu na Pré-História da Grã-Bretanha.
[108] No período das Cruzadas, os muçulmanos eram chamados de *sarracenos*; o que Poe chama de estilo sarraceno seria hoje chamado de estilo *islâmico* ou *muçulmano*.
[109] Luxor é uma cidade egípcia, situada onde no passado se ergueu Tebas, que foi capital do antigo Egito há mais de 3.000 anos.

tecido de ouro. Desse mesmo material eram também o tapete, as mantas que adornavam os divãs e o leito, o dossel da cama e as belas volutas das cortinas que escondiam em parte a janela. Ele aparecia por toda parte, a intervalos irregulares, em figuras arabescas[110] com uns trinta centímetros de diâmetro, bordadas no tecido em padrões do negro mais puro.

Mas tais figuras só tinham aparência arabesca se vistas de certo ângulo. Por um artifício hoje comum, e originado na antiguidade remota, elas podiam mudar de aspecto. Para quem entrava no quarto, pareciam meras monstruosidades; mas, avançando para o interior do cômodo, passo a passo, o visitante via-se cercado por uma incontável sucessão de formas horrendas, saídas das superstições normandas[111] ou dos sonhos culpados dos monges. O efeito fantasmagórico era reforçado pela presença permanente de uma forte corrente de ar por trás dos cortinados, que lhes dava uma animação irrequieta, hedionda.

Foi em ambientes assim, e nessa câmara nupcial, que passei com *Lady* Rowena de Tremaine as horas profanas do primeiro mês de casamento, sem grandes inquietudes. Não pude deixar de perceber que minha esposa temia minhas mudanças explosivas de humor, que me evitava e pouco me amava, mas isso me dava mais prazer que outra coisa. Pois eu a abominava, com um ódio mais demoníaco que humano. Minha memória retrocedia (ah, com que pesar tão intenso!) para Ligeia, a amada, a bela, a sepultada. Deliciava-me com a lembrança de sua pureza, sua sabedoria, sua natureza etérea, sua paixão, seu amor idólatra.

Naquela época, meu espírito ardia por completo com um fogo ainda mais intenso que o dela. Na agitação dos sonhos provocados pelo ópio (pois eu estava sempre preso às algemas de ferro da droga), eu chamava em voz alta seu nome, no silêncio da noite ou, durante o dia, em recantos abrigados nos vales. Era como se, por meio da ânsia selvagem, da solene paixão, do ardor

---

[110] *Arabesco*, aqui, significa com aparência árabe, isto é, lembrando a arte islâmica.
[111] Os normandos eram um povo europeu, presente na Inglaterra e outros países, descendente dos vikings noruegueses.

destrutivo de meu desejo pela falecida Ligeia, eu a pudesse trazer de volta aos caminhos terrenos por ela abandonados.

No começo do segundo mês de nosso casamento, *Lady* Rowena adoeceu de repente, e sua recuperação foi lenta. A febre que a consumiu tornou inquietas suas noites e, num estado perturbado e entorpecido, ela relatava sons e movimentos no aposento da torre e ao redor dele, que não podiam provir senão de seus delírios enfermiços ou, talvez, da influência fantástica do próprio cômodo.

Aos poucos, ela entrou em convalescença e por fim curou-se, mas apenas um breve período transcorreu antes que uma segunda moléstia, mais violenta, a lançasse de novo ao leito. Sua constituição, que sempre fora frágil, jamais se recuperou por completo desse ataque. Depois disso, suas enfermidades tinham um caráter alarmante e as recaídas eram ainda mais alarmantes, desafiando o conhecimento e os esforços dos médicos.

Com o avanço da doença crônica, que parecia ter-se entranhado demais em seu corpo para ser erradicada por meios humanos, ficou evidente um avanço semelhante em seu nervosismo e em seu temor por coisas triviais. A razão parecia abandoná-la rapidamente. De novo ela falava, com mais frequência e obstinação, sobre sons, muito leves, e sobre movimentos estranhos entre as tapeçarias.

Certa noite, no fim de setembro, ela insistiu em trazer à minha atenção esse assunto angustiante, com mais persistência que de costume. Ela acabava de acordar de um sono agitado, durante o qual eu estivera observando, numa ansiedade que se mesclava a um vago terror, as mudanças de expressão em sua face emaciada; sentava-me ao lado da cama de ébano, em um dos divãs indianos. Ela soergueu-se e, num sussurro ansioso, disse que estava ouvindo sons *naquele instante*, mas eu não ouvia nada; que estava vendo movimentos, os quais eu não via. O vento soprava apressado por trás das tapeçarias, e decidi demonstrar (e confesso que era algo em que eu não acreditava de todo) que aquela respiração tênue, quase inarticulada, e as mudanças sutis das figuras na parede nada mais eram que o efeito natural do vento costumeiro.

Mas uma palidez mortal espalhou-se por seu rosto, mostrando que meus esforços para tranquilizá-la seriam inúteis. Ela parecia prestes a desmaiar, e não havia serviçais que eu pudesse chamar. Lembrei-me de onde estava guardada uma garrafa de vinho suave, receitado por um dos médicos, e cruzei apressado o quarto, à sua procura. No entanto, ao passar sob a luz intensa do incensário, duas ocorrências espantosas atraíram-me a atenção; senti algo palpável passar suavemente a meu lado e vi uma débil e indefinida sombra projetar-se no tapete dourado, no centro exato da forte luminosidade.

Eu estava, porém, alterado por uma dose excessiva de ópio, e mal dei atenção a tais fatos, que sequer mencionei a Rowena. Encontrei o vinho, tornei a atravessar a câmara e enchi um cálice, que levei aos lábios da moça debilitada. Ela já se recuperara um pouco e conseguiu segurar a taça, enquanto eu me deixava cair no divã próximo, os olhos cravados nela.

Foi então que percebi claramente o som de passos leves no tapete, junto ao leito. E no segundo seguinte, quando Rowena estava em pleno ato de levar o vinho aos lábios, eu vi, ou sonhei ter visto, três ou quatro gotas de um líquido da cor brilhante do rubi caírem dentro do cálice, brotando no ar, como se saíssem de uma fonte invisível.

Talvez eu as tivesse visto, mas Rowena não viu.

Ela tomou o vinho sem hesitar, e eu me abstive de contar-lhe aquilo que, afinal de contas, poderia ter sido apenas resultado da imaginação, com a morbidez aguçada pelo terror da jovem, pelo ópio e pela hora avançada.

Não posso tentar me enganar. Depois disso, uma rápida mudança para pior ocorreu na enfermidade de minha esposa, de modo que daí a três noites as mãos dos criados a prepararam para o túmulo, e na quarta noite eu estava ali sentado, com seu corpo amortalhado, naquele fantástico cômodo onde a recebera como esposa.

Visões alucinadas, engendradas pelo ópio, esvoaçavam como sombras diante de mim. Fitei com olhos perturbados os sarcófagos nos cantos do quarto, as figuras mutantes no cortinado, as contorções dos fogos multicores no incensário acima de mim. Meu olhar então descaiu, quando recordei os eventos daquela outra noite, fixando-se no ponto sob o incensário onde vira a tênue sombra. Ela não estava mais lá, porém. Com a respiração mais fácil, voltei a olhar o vulto pálido e rígido sobre a cama. Fui então inundado por um milhar de lembranças, e toda a indizível dor que senti ao ver Ligeia assim amortalhada voltou ao meu coração com a violência turbulenta de um dilúvio.

A noite avançou e ali continuei, o peito cheio de pensamentos amargos sobre aquela que foi meu único e supremo amor, e os olhos fixos no corpo de Rowena.

Devia ser meia-noite, talvez mais cedo ou mais tarde, pois eu não estava contando as horas, quando um soluço, baixo, suave, mas bem nítido, tirou-me de meu devaneio. Eu *senti* que vinha da cama de ébano, o leito de morte. Fiquei ouvindo, numa agonia de terror supersticioso, mas o som não se repetiu; forcei a vista, tentando detectar qualquer movimento no cadáver, mas nada se percebia.

No entanto, não podia ter-me enganado. Embora débil, eu *tinha* ouvido o barulho e minha alma despertara dentro de mim, enquanto, resoluto e perseverante, eu mantinha a atenção fixa no corpo.

Vários minutos transcorreram antes que ocorresse algo capaz de lançar alguma luz sobre o mistério. Aos poucos, ficou evidente um rubor muito leve, que mal se notava, colorindo suas faces e as veiazinhas murchas das pálpebras. Com um horror e um assombro tão abismais que a linguagem humana não pode exprimir, senti a cabeça rodar, o coração parar de bater, meus membros enrijecerem.

O senso do dever por fim restaurou meu autodomínio. Não restava dúvida de que os preparativos para o enterro tinham sido precipitados, pois Rowena ainda vivia. Uma ação imediata era necessária, mas a torre estava isolada da ala onde ficavam os empregados; não havia nenhum deles por perto para ajudar, e eu não tinha como chamá-los sem abandonar o quarto por longos minutos, algo que não ousaria fazer.

Assim, lutei sozinho para trazer de volta o espírito que ainda pairava. Pouco depois tornou-se clara uma recaída: a cor desapareceu por completo das pálpebras e faces, deixando uma palidez mais intensa que a do mármore; os lábios murcharam, distendendo-se na medonha expressão da morte; a frieza e uma viscosidade repulsiva se espalharam depressa por toda a superfície do corpo; e então, de imediato, sobreveio a rigidez cadavérica. Estremecendo, caí de volta no divã onde despertara de forma tão abrupta, e uma vez mais entreguei-me à lembrança apaixonada de Ligeia.

Uma hora se passou, quando (seria possível?) pela segunda vez percebi que um som indistinto vinha da direção da cama. Horrorizado, prestei atenção.

Ouvi-o novamente.

Era um suspiro. Fui depressa até o cadáver e vi, sem a menor dúvida, um estremecer de seus lábios. Logo em seguida, eles relaxaram levemente, revelando uma fileira brilhante de dentes perolados. Em meu peito, o assombro agora lutava com o profundo temor que até então o dominara. Senti a visão turvar-se e minha razão se perder, e foi só com um esforço tremendo que afinal consegui coragem para a tarefa para a qual o dever mais uma vez me empurrava.

Agora existia um certo viço na testa, faces e garganta. Um calor perceptível invadia todo o corpo, e havia até uma suave pulsação do coração. A jovem vivia, e com ardor redobrado eu me dediquei à tarefa de reanimá-la. Friccionei e banhei as têmporas e as mãos, e usei cada recurso que a experiência e as muitas leituras sobre medicina podiam sugerir.

Mas em vão. De repente, a cor desapareceu, a pulsação cessou, os lábios retomaram a expressão dos mortos e, um instante depois, o corpo inteiro assumiu o frio gélido, o tom lívido, a rigidez intensa, os contornos macilentos e todas as qualidades repugnantes de quem foi, por dias, inquilino de um túmulo.

E outra vez mergulhei em visões de Ligeia – e de novo (é de se admirar que eu estremeça enquanto escrevo?), *de novo* chegou a meus ouvidos um leve soluço, vindo da cama de ébano. Mas por que descrever em detalhes os horrores inexprimíveis daquela noite? Por que deveria relatar, de novo e de novo, como o horrendo drama da revivificação repetiu-se quase até a hora do pálido amanhecer, e como cada terrível recaída levava a uma morte mais rigorosa e de aparência cada vez mais irremediável? Passo logo ao desfecho.

A maior parte daquela noite assustadora já havia transcorrido, quando o cadáver de Rowena se mexeu de novo, desta vez de forma mais vigorosa apesar de despertar de uma decomposição mais terrível e desesperadora que nunca. Já havia algum tempo que eu nem fazia menção de me mover; ficava sentado no divã, rígido, presa indefesa de um turbilhão de emoções violentas, das quais um assombro extremo talvez fosse a menos horrível, a menos devastadora.

O cadáver, repito, moveu-se, com mais vigor que antes. As cores da vida se derramaram com energia inusitada por seu rosto, os membros relaxaram e, não fossem as pálpebras ainda bem cerradas, e as bandagens e a mortalha que ainda conferiam um caráter sepulcral à imagem, eu poderia ter sonhado que Rowena conseguira, de fato, libertar-se dos grilhões da Morte.

Mesmo sem aceitar por completo a ideia, eu por fim não pude mais duvidar quando, erguendo-se do leito, cambaleante e com passos débeis, de olhos fechados como alguém que desperta assustado no meio de um sonho, a *Lady* de Tremaine avançou, seu corpo real e palpável, até o centro do quarto.

Não tremi e sequer me movi, pois uma multidão de delírios indizíveis, relativos ao aspecto e ao modo como o vulto se movia, cruzaram-me o cérebro e me paralisaram, deixando-me petrificado. Não me mexi, mas fitei a aparição. Meus pensamentos estavam perturbados, num tumulto implacável. Poderia aquela diante de mim ser de fato Rowena, *viva*? Por que, *por que* eu duvidaria?

A bandagem cobria-lhe a boca – que era a boca da revivida *Lady* de Tremaine. E as faces, róseas como no auge de sua vida, eram de fato as belas faces da *Lady* de Tremaine vivente. E o queixo, com suas covinhas, como quando era saudável, não era o dela?

Mas *teria ela ficado mais alta desde que adoecera?* Que loucura inexprimível se apossou de mim junto com esse pensamento?

De um salto, eu estava a seus pés. Encolhendo-se ao meu toque, ela deixou que caísse de sua cabeça, desatada, a medonha mortalha que a envolvera, e com isso fluíram livres, nas correntes de ar que percorriam a câmara, enormes massas de cabelos longos e desgrenhados.

Eram mais negros que as asas de corvo da meia-noite!

E então os olhos da figura que estava diante de mim se abriram.

– Ao menos quanto a isto não posso, jamais, *jamais!*, estar enganado! – bradei. – Estes olhos, grandes, negros, indomáveis, são os olhos de *Lady*... de *Lady* Ligeia!

OS AUTORES

Mary Cholmondeley

A pronúncia em inglês do sobrenome da autora Mary Cholmondeley é *chumley* (em português, "tchâmlei"). Mary foi uma escritora inglesa de muito sucesso tanto na Inglaterra quanto nos Estados Unidos; vários de seus romances foram *best-sellers* no final do século XIX.

Nascida em 1859, a terceira de oito irmãos, dedicou boa parte de sua juventude a cuidar da mãe doente. Quando adolescente, gostava de contar histórias para seus irmãos e começou a escrever para escapar ao tédio da rotina. Publicou com 27 anos seu primeiro livro; além de onze romances, escreveu contos, artigos e ensaios. Embora fosse tímida e retraída, ela defendeu o ideal da *New Woman* (a "nova mulher"), que no final do século XIX reivindicava mais direitos e um maior destaque para as mulheres na sociedade. Debilitada durante toda a vida por asma crônica, morreu em 1925, aos 66 anos.

Este conto, cujo título original é "Let Loose", foi publicado em uma revista em 1890 e depois incluído na coletânea de contos *Moth and Rust* (Traça e ferrugem), de 1902.

Charles Dickens

Charles John Huffam Dickens, nascido na Inglaterra, em 1812, é um dos mais conhecidos e influentes autores de língua inglesa. Muitos de seus romances saíram primeiro como folhetins (isto é, com os capítulos sendo publicados em série, um por vez), alcançando grande sucesso.

Durante a infância do autor, seu pai foi condenado por dívidas e a família teve de ir viver em uma das prisões para devedores que existiam na época; ainda criança, Charles foi forçado a trabalhar em uma fábrica, sob condições desumanas.

Seus romances eram calcados na realidade, denunciando injustiças e violências sociais, como, por exemplo, a exploração do trabalho infantil. Personagens de caráter honesto e generoso enfrentavam não apenas vilões caricatos e cruéis, mas também situações sociais tão chocantes quanto verdadeiras. Seus livros mais conhecidos são *Oliver Twist* (escrito de 1837 a 1839) e *David Copperfield* (1849-1850). Dickens era um escritor consagrado quando morreu, em 1870.

Embora não seja propriamente um autor de terror, ele escreveu uma das mais conhecidas histórias de fantasmas de todos os tempos: "A Christmas Carol", de 1843 (traduzida para o português como "Uma canção de Natal" ou "Três espíritos de Natal"), mostrando sua familiaridade com o gênero.

"Contando histórias de inverno", no original "Telling Winter Stories", é um curioso conto que traz uma sequência de histórias de fantasmas, narradas em primeira pessoa. Foi publicado como parte de um artigo, "A Christmas Tree" ("Uma árvore de Natal"), publicado em *Household Words*, em 1850.

Mary E. Braddon

Mary Elizabeth Braddon nasceu em Londres, Inglaterra, em 1835; algumas de suas biografias dão como ano de seu nascimento 1837, e acredita-se que ela mesma encorajava essa ideia, desejando que a vissem como mais jovem do que era na realidade.

A senhorita Mary Braddon, depois senhora Maxwell, viveu em plena Era Vitoriana (isto é, durante o reinado da rainha Vitória), período da história britânica marcado por intenso desenvolvimento tecnológico e grandes modificações sociais. Esse cenário incluiu um movimento das mulheres por maior independência e participação social, que Mary Elizabeth apoiava. Seus livros apresentaram personagens femininas rebeldes e não conformistas, que estimulavam a imaginação das mulheres de vida caseira tediosa e vazia, e foram muito atacados pelos críticos que se opunham à mudança da condição da mulher.

Ao todo, Braddon publicou mais de setenta romances, além de contos, ensaios, peças e poemas. Seu maior sucesso foi o romance *Lady Audley's Secret* (O segredo de Lady Audley), lançado em 1862 e reeditado até hoje. Acredita-se que possa ter produzido ainda mais, pois seu marido, John Maxwell, publicou muitos de seus escritos sob variados pseudônimos nas revistas que ele editava.

Foi também editora de revistas culturais e escreveu histórias sangrentas para folhetins de baixo custo, que permitiam às pessoas mais pobres também terem acesso à literatura de entretenimento. Morreu em 1915, aos 77 anos, depois de uma carreira literária de cerca de cinquenta anos.

O conto "Eveline's visitant" foi escrito em 1862 e publicado na coletânea *Ralph, the Bailiff, and Other Tales* (Ralph, o oficial de justiça, e outras histórias), de 1866.

Conan Doyle

Arthur Conan Doyle (1859-1930), médico oftalmologista e escritor escocês, é famoso por ter sido o criador do detetive ficcional Sherlock Holmes. Seus romances e contos com esse personagem estabeleceram os parâmetros dos romances policiais e são populares até hoje. Doyle manteve sua profissão médica e foi cirurgião do exército britânico na Guerra dos Bôeres, na África do Sul, mas foi também um escritor prolífico, cuja obra inclui, ainda, ficção científica, romances históricos, peças, poemas e não ficção.

Apesar de ter interesse em variados aspectos da vida e escrever apenas sobre o que o atraía, quando lhe perguntavam sobre o que preferia escrever, Doyle dizia que optaria pela ficção histórica. Um dos maiores interesses do autor, em seus últimos anos de vida, foram os fenômenos espíritas; apesar disso, em seus escritos ele sempre deu mais crédito à ciência que ao sobrenatural.

O conto "O anel de Toth" (em inglês, "The Ring of Thoth") saiu primeiro na revista *The Cornhill Magazine*, em 1890. Em 1919, foi incluído na coletânea *The Great Keinplatz Experiment and Other Tales of Twilight and the Unseen* (O grande experimento Keinplatz e outros contos do crepúsculo e do invisível), que incluiu contos publicados anteriormente. Neles, Doyle abordou assuntos tão variados como mar, guerra, medicina, história e coisas sobrenaturais.

Edgar Allan Poe

Edgar Allan Poe nasceu em Boston, Estados Unidos, em 1809, e teve uma vida atormentada. Órfão aos dois anos de idade, foi adotado por um comerciante que lhe deu uma boa educação, mas com quem acabou brigando após ser expulso da Universidade da Virgínia e, depois, da academia militar de West Point. Passou então a dedicar-se à literatura e trabalhou em vários jornais. Em 1836, casou-se com sua prima Virginia Clemm. O casamento, marcado por uma situação econômica sempre ruim, terminou com a morte de Virginia, em 1847. Arrasado com a viuvez, Poe entregou-se cada vez mais à bebida e morreu em 1849, aos quarenta anos de idade.

Poe tinha grande curiosidade pelos mais diversos assuntos: física, medicina, política, tecnologia, histórias de horror, investigações policiais, poesia, jornalismo. Foi um dos primeiros grandes escritores de contos de terror, de mistério e de ficção científica. Escreveu poesias e estudos filosóficos, foi jornalista e editou jornais e revistas. Alcançou respeito como crítico literário e até hoje influencia escritores importantes.

Mas, na época em que viveu, as editoras dos Estados Unidos preferiam piratear textos publicados na Inglaterra a terem de pagar direitos autorais aos escritores nacionais. Resultado: apesar de uma enorme produção de textos e de ser um dos mais importantes escritores estadunidenses na época, Edgar Allan Poe morreu pobre, sem nunca ter conseguido viver dignamente de sua arte.

O conto "Ligeia" foi publicado pela primeira vez na revista *American Museum*, de Baltimore, em 1838. Houve versões posteriores da narrativa; a que utilizamos nesta tradução consta da obra *Tales of the Grotesque and Arabesque*, de 1840.

AS TRADUTORAS
E ORGANIZADORAS

O ILUSTRADOR

Martha Argel

Martha Argel já publicou inúmeros romances e antologias de literatura fantástica. Tem um carinho especial pelos vampiros, mas também gosta de escrever fantasia, ficção científica e tudo o que parecer impossível, emocionante e divertido. Além de escritora, é doutora em Ecologia e especialista em Ornitologia, tendo trabalhado muitos anos como cientista e na área ambiental. Escreveu também livros-texto de Biologia e Ciências, para o ensino fundamental e médio, e vários livros de divulgação científica. Divide seu tempo entre São Paulo e Rio de Janeiro, tenta ser vegetariana, pratica *birdwatching* e é apaixonada por cães.

Rosana Rios

Rosana Rios é autora de literatura fantástica e tem se dedicado ao público leitor infantil e juvenil. Em quase 25 anos de carreira, publicou mais de 130 livros e recebeu alguns prêmios literários importantes, como o Bienal Nestlé de Literatura, o Cidade de Belo Horizonte e selos "Altamente Recomendável" da Fundação Nacional do Livro Infantil e Juvenil. Foi também finalista do prêmio Jabuti na categoria Literatura Juvenil, em 2008 e 2011. Mora em São Paulo, cidade em que nasceu; trabalhou ainda como roteirista de TV e quadrinhos, tem uma extensa coleção de dragões e é grande defensora da cultura nerd.

Samuel Casal

Samuel Casal é ilustrador e quadrinista. Ele já colaborou com diversas publicações no Brasil e no exterior, e venceu por oito vezes o troféu HQMIX, três delas como *Melhor Ilustrador Brasileiro*.

Os temas sombrios e a estética do grotesco sempre permearam o seu trabalho. As artes para este livro foram criadas digitalmente, e Samuel tentou ressaltar a textura das tradicionais gravuras antigas. A limitação de cor também faz parte da intenção de transmitir a sensação da passagem do tempo e da carga histórica dos textos.

Samuel mora atualmente em Florianópolis com a mulher e a filha, e se dedica a ilustrar livros e revistas.

Contos de horror foi composto utilizando as fontes Adobe Caslon Pro e Harrington.